永發街事

陳濟舟 著

目次
contents

推薦序

蟄伏的野火

——陳濟舟的新加坡故事

王德威

永發街位於新加坡中峇魯區，中峇魯英文拼音的中（tiong）原為閩南發音的「塚」或「終」；峇魯（bahru）則是馬來文，即「新」的意思。「塚／終」與「新」隱約透露這一地區曾經的邊緣位置和新舊雜陳的風貌。永發街以十九世紀華社名人薛永發命名。薛氏家族曾在新加坡歷史叱吒一時，南洋第一報刊《叻報》即其族人所創。郁達夫流寓新加坡時也曾居於此。

但這都是往事了，如今未必引起永發街居民的興趣。新世紀之交，他們頻繁入住或遷出，演義這條街道的另一段即景。模範華裔公民家庭裡一切慢慢瓦解；離婚男子走向寂寞中年；來自巴黎的男人品嚐禁色之戀的苦果；還鄉的婦人發現人事已非；移民而來的四川少年一夕失蹤變形；移民而去的新洲女子面對家族死刑。但或許還有一二老去的居民記得當年往事？中學聯、南洋大學、教育白皮書、工潮、學潮……，新加坡的史前史。

這些人和事都來自陳濟舟的短篇小說集《永發街事》。這部小說集收有十二篇作品，每篇的故事各自獨立，但其中的人物或情節每有相互呼應之處，形成若有似無的有機體。連貫所有作品的則是永發街的街景市聲。這樣的敘事安排前有來者：詹姆斯．喬伊斯的《都柏林人》（*Dubliners*），舍伍德．安德森（Sherwood Anderson）的《小鎮畸人》（*Winesburg, Ohio*），李永平的《吉陵春秋》，還有白先勇的《臺北人》，都以一地一時的眾生相營造出獨特的地緣風景，生命情懷。人與地互為表裡，缺一不可。《永發街事》以新加坡一條舊街作為背景，也顯現類似企圖，但場景有別，所召喚的情境自然不同。

《永發街事》的作者陳濟舟原籍四川，十七歲南來新加坡，完成中學、初院、和大學教育後負笈美國迄今。在新加坡他從少年過渡到青年，所見所聞想必有許多不能已於言者，於是化為筆下的形形色色。《永發街事》是陳濟舟的第一部作品，已經充分顯現他的才情。他要為這島國留下羈旅的心影，卻選擇了一條平凡的街道作為敘述焦點。但仔細閱讀各篇作品，我們發現平淡的日常其實藏有不平常的悸動。他的人物有在地的華裔、印度裔、馬來裔居民，也有來自中、美和歐洲的移民或過客。他們的生活似無交集，但居住所在——多半是七十三號公寓——卻讓他們有了互動。老去的阿媽瞧見陽臺上的巴黎男子為情所困；從中國來打工的小妹對印度裔保全敬而遠之；少年舊識重逢後各奔東西；中國女孩陷入凶險的感情遊戲……。日光底下無新事，但永發街的居民各有各的心事。誰能想到那個「宗國」來的青年教授有個馬來同性戀人，還是伊斯蘭基本教義派。午夜時分一對老夫婦餵食他們的養子——竟已變成一隻大蜥蜴。

都說新加坡清潔整齊又有效率，人人循規蹈矩，是個沒有「故事」的國度。陳濟舟卻要讓他的新加坡有故事，而且每每穿插意外伏筆：難以言說的情欲，無從擺脫的感傷，不堪的死亡祕密，甚至詭異的變形記……。陳濟舟的筆調基本是寫實的，但字裡行間蟄伏著衝動與好奇。一股看似平常卻又有些什麼不對的氣息——uncanny——總是揮之不去。他善於營造戲劇性高潮或反高潮，也許和他曾參與劇場不無關係。然而回首所來之路，陳濟舟似乎還在摸索對這個島國的感情向度。他訴說，重組，甚至想新加坡經驗，有時像是熟悉內情的外來者，有時像是與現實脫節的在地人。他對筆下人物的生命起伏時有細膩描述，對小說集最重要的「角色」——永發街——卻是若即若離。本土新加坡論者或認為《永發街事》未能凸現足夠地方色彩，使之立體化。我倒以為故事人人會說，陳濟舟的努力自有特色。

《永發街事》特色在於故事中間所呈現的複雜的跨越經驗。國家、地域、種族、物種、階級、世代、文化、性別、甚至宗教信仰的錯綜關係都是陳濟舟有興趣的題材。因此所呈現一種有關新加坡多元的「感覺結構」的確鮮活起來。以〈棄子〉為例，故事裡的愫芬獨居永發街，時與美國來的孫子為伴。愫芬懷念已逝的丈夫，還有建國前他們的革命歲月。但她眼下的困惑是未婚的兒子帶給她一個孫子，而孫子長相不似華裔。她終於發現孫子美國家裡有兩個爸爸。這樣的情節也許顯得刻意為之，但陳濟舟在極短篇幅裡將兩代相異的性別、倫理觀和新加坡政治今昔作了相當細緻的穿插，並以祖孫跨代親情作為一種和解可能，令人讚賞。而真相大白之際，愫芬對著鄰居的狗陡然喝斥「滾開！」，委屈盡在不言之中。〈棄子〉篇名語帶四關：對兒子的放棄，對來路不明的孫子的呵護，對以往政治博弈的認輸，對人生棋局的惘然。

其他的故事，像〈遠方的來函〉寫一個家境良好、留學新加坡的中國女孩自甘涉入特種行業，牽涉跨國色情經濟和階級洗牌問題。此作微有張愛玲〈第一爐香〉

的影子，雖然少了祖師奶奶的艷異和蠱惑。〈重逢〉寫一個移民美國的新洲女子和哥哥在死刑執行室裡的重逢，視角獨特。但陳濟舟太為讀者著想，提供豐富背景資料，反而過猶不及。相形之下，〈阿里和黃花〉處理一個失婚華裔女子和印度裔保全間淡淡的情愫，而以永發街上黃盾柱木的花開花謝投射一切猶如明日黃花，是極工整細膩的佳作。〈蟄伏〉寫一段跨國跨種族同性愛情的執著與背叛，證明華裔魅力征服洋人。全作以「老虎的尾巴上開出兩朵花來」的刺青破題和收尾，極盡浪漫頹靡之能事。這些故事都顯現陳濟舟關懷的多元，筆力偶有參差，但他有情的風格躍然紙上。

這些年華語語系研究成為顯學，各種大說此起彼落，但小說的生　與變化才真正呈現華語世界的眾聲喧「華」。陳濟舟的作品為當下華語創作提供絕佳視野。他來自中國，在新加坡成長，在美深造，而且有豐富歐洲經驗。如此移動、跨界的路線很難以國家文學或地方敘述所局限。一本護照何能衡量離散、反離散、再離散位置？他的「永發街」與其說體現新加坡一條街道的鄉愁，更不如說　動新加坡與華語世界一條想像的脈絡。我甚至認為，華語語系不足以說明陳濟舟作品的版圖；是「華夷」語系才豐富了他的紙上天地。永發街的居民來自各處，也由此走向各處。

內與外，主與客，我者與他者的位置不斷變動。小說〈三代〉描繪新加坡華裔家庭在西方影響下所產生的語言、情感、價值裂變。〈北歸記〉點明新加坡華裔對父祖的故國日益疏離的心聲。而〈客〉故名思義，省思新加坡主體內在的分裂性。

陳濟舟篇幅較短的作品大抵操作精煉，較長的作品雖更引人入勝，但也有繼續琢磨的空間。〈祝福〉的標題典出魯迅同名小說，自然引起聯想。故事裡的小妹來自漳州，在異國和一個同鄉工人相戀。然而她的男友無端失蹤了。春節前夕小妹來到一處佛寺卜問吉凶，與此同時，她只能寄情雕刻漳州進口的水仙鱗莖，期待花開。陳濟舟努力描寫小妹的深情以及周遭環境的無情，並將敘述導向宗教因緣休咎，為神祕的結局作鋪墊。全作也許面面俱到，反而顯得事倍功半。《永發街事》另有兩篇較長作品值得討論，一為開卷的〈物種和起源〉、一為壓軸的〈野火〉，都顯現陳敘事的特色和企圖心。〈物種和起源〉有個淡淡的達爾文典故，講述一個四川少年從家鄉來到新加坡的蛻變。少年在故鄉的生活難以為繼，但那裡有不能割捨的祖孫親情。南方小島燠熱潮濕，沼澤雨林鬱鬱蒼蒼，終有一天少年失蹤。他去了哪裡，或他變成了什麼，帶來小說驚悚高潮——原來離開了熟悉的起源地，物種可能進化，可能退化，還可能「異」化。這篇小說處理了陳濟舟所關注的跨界、變形主題，也更折射了他個人在新加坡成長的心路歷程：在異鄉，「一個青年小說家的畫像」有可能是卡夫卡式的異類，變種，甚至怪物。

到了〈野火〉，四川少年已經出落為「宗國」來的青年教授，而新加坡被投射為未來式惡托邦。此時馬來人奪得政權，華人節節敗退。我們的主人翁卻寧願留守亂局，為了他的馬來警察戀人。這似乎是前述〈蟄伏〉情節的2.0版，其實不然。主人翁的難言之隱除了愛情，還有宗教：他壓抑自己在「宗國」的回教背景，恰如他隱瞞自己在異鄉的情愛傾向。這樣複雜的種族、性別、宗教、國家越界故事不容易寫，但陳濟舟創造了一場帶有超現實意味的野火，將這些問題巧妙地熔為一爐。欲望和誘惑的野火也是信仰和試煉的野火，星火燎原的野火也是萬劫不復的野火。以此，小說來到玉石俱焚的性暴力高潮。〈野火〉野心龐大，宜乎作為《永發街事》的終章。唯短篇小說的格局不再能容納複雜的線索。就像〈物種和起源〉一樣，陳濟舟輾轉在中國、新加坡、與世界間，仍在找尋平衡點。

*

二〇一五年陳濟舟來到哈佛大學。濟舟敏而好學，中英德法語俱佳，的確是極優秀的研究生。一日他帶來自己的小說創作，我這才理解書本以外，他對文學有如此熱情。哈佛學業極其繁重，但濟舟的創作不曾間斷。他甚至屢次表示比起做學問，創作才是他的最愛。這令我感動。

有多少時候，學院裡的文學研究已經成為理論八股，等而下之者甚至是社會科學的附庸。濟舟對文學的初心浪漫而純粹，注定吃力不討好，他卻不改其志。作為導師，我支持他的創作，也樂見他學問上同樣精進。

從成都到新加坡再到劍橋，這些年濟舟一路走來並不容易。他的經歷使他的視野較同輩寬闊，他的多情促生了筆下各種故事。課堂內外的濟舟擅交友、喜詼諧，但他的字裡行間看得出另一面，一個孤獨易感的、心思細緻的青年藝術家。《永發街事》是濟舟第一本創作結集，彷彿是他蟄伏多年的熱情所燃起的第一把火。我們期待他更多的故事。謹志數語，表示我對濟舟的期望，也祝福他創作與問學之路成功快樂。

王德威，現任美國哈佛大學東亞系暨比較文學系Edward C. Henderson講座教授

推薦序

所有堅固的事物都已煙消雲散

——讀陳濟舟《永發街事》

郝譽翔

嫻熟於後殖民論述或華語語系反離散的人，讀到這本《永發街事》，必定會有如獲至寶的驚喜，小說中所展開的馬賽克似的拼貼與鑲嵌，卻又存在著如此高度反差的不協調世界，不就是一場現實人生中活生生的後殖民理論的展演？

然而《永發街事》所揭示二十一世紀的華人流動與遷徙，又遠遠超過理論所能觸及，小說中的人物已經不能簡單地貼上「移民」的標籤了事。這就像濟舟本人的經歷，他出生於四川，在新加坡讀中學和大學，又赴美國讀博士，旅行的足跡更幾乎遍布全球，所以他自身儼然是一個多元文化的組合體，不管是古典或現代，西洋或中國，鄉村或都市，都能在他的身上輕易跨界，無縫接軌，各種文化或思潮彷彿不見衝突地並存。也因此來到全球化的新世紀，移民必得要重新定義，而舊有的理論已相形見絀，反倒是文學創作或現實生活早就跑在思想的前頭，正如濟舟的這本《永發街事》。

《永發街事》中的人物從中國的偏鄉農漁村，到資本主義摩天金融大廈林立的新加坡，甚而帝都北京，或到美東波士頓，而他們的身上或許還帶著來自於故鄉的泥土印記，但是卻已經宛如前世之夢，片段的鑲嵌在現代都會景觀之中，中洋夾雜，新舊並陳，在失去了歷史的縱深以後，反倒更像是兩個，或甚至更多的平行時空，以蜂巢的方式鑲嵌組合。

換言之，《永發街事》注定是「反離散」的，與其說濟舟是在尋「根」（root），為心靈上的故土招魂，還不如說他更在展現這一路迤迤行來，有意無意之間形成的「徑」（route），而那路徑已茁壯成為巨大的迷宮，竟讓小說中的所有人物在驀然回首之際，發現那人沒在燈火闌珊處，而是消失得無影無蹤。

《永發街事》開篇的〈物種和起源〉，描寫來自水鄉澤國四川偏鄉的少年李效益，從小被人收養，長大後到新加坡就讀中學，接受中英混血的現代教育，而他就擺盪在四川偏鄉和新加坡都會如此截然不同、反差鮮明的兩個世界之中，最後化為爬蟲，消失於煙霧瀰漫的神祕雨林深處，而小說就此地戛然而止。濟舟寫活了一個處於中介（in-between）狀態的少年，他身世成謎，哪裡都可以為家，而哪裡也都不是家，唯有熱帶島國的雨林與天府之國四川皆有的水鄉沼澤濕地，那如夢似幻的意境，那「用花的粉末、鳥的腹語和樹葉相互疊嶂的方式祕密地在彼此之間暗通款曲」，才是生命最終的祕密核心。

濟舟以一個「新移民」的角度寫新加坡，尤其扣準了永發街此一空間，而「永發」二字，取自漳州移民的船運富商薛永發，也點出了新加坡正是移民匯聚之地，人人來此追尋夢想與財富，然而也不禁失落在一個無根的惘惘威脅裡。〈祝福〉一篇令人不禁想起了魯迅的名篇〈祝福〉，只是同樣是中國人最重要的節慶：舊曆新年到來，魯迅的〈祝福〉是以故鄉紹興為背景，而濟舟的〈祝福〉寫的卻是異鄉新加坡，而來自漳州的新移民小妹，孤單一人，度過因為缺水而毫無欣喜可言的島國新年，至於她所暗戀的張強卻突然失蹤，最後在一場惡夢中鮮血淋漓的出現。小說以小妹搬出永發街做結，而失蹤的張強也依然了無訊息，只徒留了一街既喧囂擾攘，卻又平凡無事的人間。

而《永發街事》中的人物不大多都是這樣來去無蹤，宛如一場春夢了無痕跡嗎？在濟舟的筆下，從一地移往另一處，恍惚有如夢之旅程，所以又有何離散的悲情，或是故國的苦苦相思可言呢？他們是這世界的參與者，卻也是永遠的局外人，而他們也不再困惑於認同的失落，因為早已沒有一成不變的、獨一無二的認同。在《永發街事》中，濟舟雖為言明卻已充分展現了中國「八〇後」世代的全球觀與世界觀——他們多是獨生子女，成長在改革開放後經濟快速起飛的大陸，也因此他們的生命歷程就像是一朵不斷盛開的花蕊，蓬勃華美，但卻也籠罩在眼前的這一場璀璨盛宴，是否不過是曇花一現的憂患，而這也形成《永發街事》特殊的時空設計，所有的故事或人物彷彿不是活在時間的軸線裡，而是在無窮無盡的空間之中，就有如活在一紙美麗的金箔上，或是一葉漂泊於空中的浮土。

濟舟在〈北歸記〉的開頭引用小林一茶所說的：「無須喊叫，雁呀不論你飛到哪裡，都是同樣的浮世。」而這也不禁讓我想起了張愛玲的名言：「時代是倉促的，已經在破壞中，還有更大的破壞要來。有一天我們的文明，不論是升華還是浮華，都要成為過去。如果我最常用的字是『荒涼』，那是因為思想背景裡有這惘惘的威脅。」如果我們要把這段話放在濟舟，或是「八〇後」的世代身上，那麼來到新的世紀以後，思想背景裡的威脅依然惘惘，但「破壞」這兩個字或許要改為「流動」，似乎才更加恰當。

就在這不斷流動的全球化時代當中，如同馬克思所言，所有堅固的事物都已經煙消雲散了，而現代性的一切也都已化為「液態」（liquid）。也因此濟舟的《永發街事》寫的雖然是新加坡，甚至大多是一條小小的永發街，但卻是見微知著，水的意象貫穿全書，煙霧瀰漫繚繞，流盪開了一個二十一世紀華人宏觀的現代性視野，從家鄉的河流一直漫延到島國的海洋。

郝譽翔，現任國立臺北教育大學語文與創作學系與臺灣文化研究所教授

永發街事

1 物種和起源

天色已近黃昏，霞雲一浪一浪的由橙紅而微紫而幽藍，慢慢地塌下去，全碎在了眼前的湖水裡。雖不至於慘澹，但確實給今日學校皮划艇隊的訓練籠罩上了一層詭異的氛圍。

熱帶的黃昏總是短暫，轉瞬即逝，而最後的那一名隊友仍然沒有回來。那遲遲不退的暑氣，一股股的從地裡湧上來，湧進人的心裡，悶得全隊愈發的焦急。惶惶然間，叢林中傳出幾聲馬來亞獼猴的啼叫，也是零零碎碎的在陰翳的雨林深處蕩起來，幾隻已經回巢卻又被猴啼驚起的昏鴉，伴著振翅聲倏地騰起來，又落下去。這一啼嗚一振翼，都驚心。

從中午有人向教練報告隊友失蹤後，整個校隊的少年少女們就有些擔心。聽說這湖裡以前也是溺死過幾個人的，難不成如今這事真的發生在了自己的隊伍裡？十七八歲的少年們，只敢想不敢說。可畢竟是在一起日日訓練的隊友，一個眼神就心有靈犀了。

隊伍不大，十來人，各個都是划船賽舟的能手，今年島國的國家賽他們是很有希望奪冠的。可比賽一個月前發生這種事，還真是人算不如天算。好在教練也是個臨危不亂的好角色，他將隊員撥成兩批。一批留守在浮動碼頭上，等待遺失少年歸隊。另一批已在他的帶領下划著船，在湖上來來回回找了一個下午。可失蹤的少年如同湖上的一圈水紋，一散開就無影無蹤了。

他們把規定「安全」的水域已經搜遍了。再偏遠的地方，教練也不敢帶著大夥兒去，林中雖然沒有什麼猛獸，可是那些巨蜥、獼猴和金環蛇都是能索人性命的。教練索性叫大家都在碼頭上坐下，他低頭沉思著。

他身後的日頭西曬，拽著樹的鬼影，爬在湖面上向他們逼來。

「不行了，人命關天，再瞞也瞞不住了，必須立刻報告學校和警署。」教練似乎終於下定了決心。

就在這時，一個隊員跳起來指著湖的方向大吼道：「教練！快看！我們隊的船！」

教練轉身向湖心眺望過去，隱約間似乎看見一艘紅黃色的隊船從湖心向岸邊漂來，可又不見船上有人，這就有些蹊蹺。他立馬將胸前的望遠鏡駕上鼻梁，想看個真切。這不看則罷，一看便嚇得他出了一身的冷汗。

一隻三米多長的黑色圓鼻水巨蜥划著水，推著那艘空船，幽幽地向岸邊游來。

*

消失的少年本名叫李效益，一聽就知道這是個極為普通的名字。在他那個時代出生在大陸的人，十個男嬰裡面說不定有兩三個都叫效益呢。好在他還有一個綽號，叫五貴，那是自小在四川鄉下的時候，也不知道是誰就這麼叫起來的。聽說因為那年年生不好，土地老爺和風神雨神都忒不關照這個岷江邊上的小村子，所以青峨村村民那年的日子就很不好過。不好過都是因為物價貴，而細數起來共有五樣。

一是油貴。三月本是菜籽花開的時候，可那年的雨水少，天氣陰。這一陰一乾，菜籽花在田裡就開得極為稀疏，地皮上像是禿了頂似的。因此，那年的菜籽油就賣得特別起價。

二是米貴，那是因為從去年的收成裡囤下來的本來就不多，今年又遇到別省發大水，能調度的救濟糧，國家都強行徵收調度了，留給本區的便不多，僅能餬口。自家的都不夠吃了，哪裡還有多出去的在市面上去賣？這頭兩項是天災，而後面的三項皆是人禍。

這第三是糖貴。蜀中本是盛產蔗糖的，可今年沱江流域的幾家產糖大廠，都相繼被查封了。聽說是國家查出了裡頭的幾項虧空，寅年就把卯年的產量給謊報了上去。幾年下來，虧多餘少，又說不出其中的差價是被誰吃了，自然廠長的烏紗帽就不保。

第四是肉貴，那也得和黑心的收購商扯上關係。青峨村養豬的幾家人都是小產業，沒有什麼機械化的規模。養幾隻豬主要是圖自家過年過節，或是待村裡有祖祭驅鬼時用。餘下的就給那個年年來收購的樂山商人獨門獨戶地收了去。十幾家收下來，也算是有了幾十來頭。可村裡人哪裡知道這些收去的豬，都被他拿去灌了水，再倒賣給成都的肉販，一斤的肉能賣出兩斤的重量和價錢。幾年下來，他也狠狠地撈了一筆。可惜東窗事發，如今媒體大肆宣傳黑心豬肉一事。新聞攝製組順藤摸瓜盤查下來，竟都以為是青峨村的人和肉販子攪在一起騙城裡人，自然也沒人敢來收購了。賣不出去無所謂，至少留著自己吃呀？怎麼這肉價還是漲上去了呢？那還不是因為省委裡面有人硬說不只是注水豬，怕是有豬瘟，派了衛生局的人下來視察。視察也察得怪，不抽血，不驗糞，只是個看。結果，但凡耳朵不夠大的，蹄子不夠壯的，尾巴不夠翹的都被「就地正法」了，也不知道是選瘟豬還是選美。

上面四項一一數下來，大家的生計自然一日苦過一日。村小學的幾個老師都挨不住了，而鬧著要加薪，否則就罷課。無奈學校只得把學費給抬了上去。如此一來學費也貴了，中間的差價要誰來補上呢？村委會已經窮得叮噹響了，自然沒能自己掏腰包，所以就把情況向縣裡反映，可縣裡也是個捉襟見肘的泥菩薩。所以這差價最後還是要分攤到青峨村家家戶戶的腦袋上。

這五件事情，被效益他媽一筆一筆清清白白地記在心裡頭，逢人便嘮叨，說老天爺和政府通了氣，要作踐村人。她張開那五根長滿老繭的指頭，將這些是非瑣事都掰給別的村婦聽，所以這「五貴」一說就是從他媽這裡造起的。

後來，村裡的孩子見了效益便都稱他作「五貴的兒」也有更無賴的說他是「烏龜的兒」，再往後就有些難聽了，連「龜兒子」這般的話都給喊了出來。這「龜兒子」是四川罵人的土話，雅不雅俗不俗都是另外一回事，只是傷人得很。小孩子家的互相取悅倒也無妨，只是跑進長輩耳朵裡自然少不了有指桑罵槐、含沙射影之嫌，所以大人們便急忙出來打住，後來孩子之間也就不再這麼叫效益了。

打是打住了，可是「五貴」這一綽號，最終還是給保留了下來。

青峨村從那五貴年之後，就一蹶不振，又熬了幾個年頭，還真的全村都衰敗了下來。大家看著勢頭不好，能投奔遠房親戚的都舉家遷移了。五貴記得，那年他被送走的時候，他李家就剩下五口人：爺爺、爸爸、媽媽、哥哥和他。爸爸有個表哥叫張華，在成都一所大學裡當教授，兩口子結婚很多年，膝下都沒有子嗣，很想從哪個親戚家裡抱一個過來，男女都無所謂。只是樣兒要端正，腦殼要靈光，就是好的。

李家日子難過得只差喝西北風了，多一張嘴都是一個負擔。五貴當年最小，還不能給家裡出力，身體底子又不好，李家夫妻就想割愛把小兒子過寄到城裡張家。一來是減輕家中負擔，二來也能讓他把身子養好一些。老太爺最疼小孫子，這麼大的事情，自然夫妻兩個要徵求他的意見。沒想到，夫妻兩人戰戰兢兢地才把意向表明，老太爺就不依了，他操著一口川中的方言，有些倚老賣老，又有些語重心長，還有些諷刺地，對著那對走投無路的夫妻訓斥起來：

「你們兩口子的兒，要爪子我不管。但是天地良心！他也是我一把屎一把尿跟你媽一起帶大的。你媽早走了，那是她的福氣，沒得眼巴巴看兒子賣孫子的。我現在都是八十好幾的人咯，你們把他弄起走，硬不就是要我的命啊！」

「哎呀，我的老漢兒呀！」當兒子的懇求道：「那你喊我咋個辦嗎？屋頭米都吃不起了。老大還好，但是那個小娃兒身體從小就不好，不送過去給張家養幾年，難道喊他跟到我們幾個受罪嗦？」

「送？娃兒也是拿來送的哇？我跟你媽兩個在自然災害那三年，把你拖起，都跑到西藏林芝去了，咋個沒有想過把你送起走喃？」

一聽到老太爺提起自然災害的事，五貴的父親頓時就啞口無言了。他忽然憶起小時候家裡也是這麼熬過來的。六〇年代初川中鬧饑荒，川人吃完了米用盡了糧，後來連草根樹皮也拿來果腹，再後來就只能吃「觀音土」了，可是老太爺堅決不許他學別家的小孩吃觀音土。那時他還小，哪裡知道這裡頭的厲害？就偷偷地跟著村裡其他小孩躲著大人自己弄觀音土來吃。這觀音土是什麼，就是滑石粉，和了水，蒸成饃饃，又軟又白，還能充飢。只是吃得進去，拉不出來，吃多了，囤在腸道裡，人就從身體裡面爛出來。

好在老太爺暗中懷疑，有一日偷偷尾隨著兒子去了田壩那頭的一間破廟裡。好哇！幾個小孩子在破廟裡開了灶，自己蒸起饅頭來，被老太爺逮了個正著。其他小孩見勢不妙撒腿就跑，五貴他爸本來也要逃，只是被老太爺一巴掌扇倒在地上，一頭磕在土地爺的腳跟前，那一頭的血，汩汩地流出來。老太爺知道是自己打狠了，又生氣又心疼，有一眼看到旁邊那一大蒸籠的觀音土饃饃，一個個白酥酥熱騰騰的，也不顧燙手，撿了籠裡的饅頭就往兒子身上砸，一邊砸，一邊哭，一邊罵：「喊你吃！喊你吃！與其遭這個東西脹死，不如遭我打死！」五貴他爸坐在地上也是一邊哭，一邊用一手捂住頭上的坑，一邊還用另一隻手去撈落在地上的饃饃。一地的饃饃，一身的血，一臉的淚。自從那次以後他寧可餓死，也不敢再碰「觀音土」了。後來，那些偷吃觀音土的小孩眼看著一天天地瘦下去，都只剩皮包骨頭了，然而肚子卻高高地鼓起來像小山一樣高。他記得機耕道旁，蘆葦叢裡的死屍都是一個個地挺著大肚子的，像是懷了一個怪物，從裡面把人吃空了。

老太爺和老母親確實看不下去了，毅然決然舉家逃離川中黑色的土地，一路向西，經雅安，過康定，翻折多山，渡金沙江，最後抵達有高原江南之稱的西藏林芝。那告別母土的不安，那背棄家鄉的傷痛，都永遠地印在了五貴父親的記憶中。如今被老太爺的一句話，都統統地勾了起來，歷歷在目，竟都是大大書寫的「不離不棄」四個字。五貴他爸再想想當下，不覺悲從中來，背過身啜泣起來。

妻子本想上前來勸，可又一想，說什麼呢？把兒子送給人家，本來就不是什麼光彩的事情，再加上這是李家父子兩人在說話，她有什麼插嘴的地方。她明白，老太爺早看她不順眼了，說不定正懷疑這事都是她挑唆出來的。要是勸得下來還好，若是勸不下來，不是反讓自己沒趣，索性就止住了。話是止住了，可心裡還是委屈，畢竟是娘，哪有白眉赤眼的就把親骨肉往別家送的，也無非是真的走投無路了呀。她想到這裡，又看看身邊啜泣的丈夫，又歎自己命苦，又氣兩口子無能，忍不住，也流下淚來。

老太爺用眼角瞥了夫妻一眼，冷笑道：「哼！想賣人的倒先裝好人起來。造孽哦！」

「爸……」五貴的父親喑啞著嗓子回道，「我們哪兒是想『賣』他嘛。我們一分兒錢都沒要的哇。確確實實是為了娃兒好，迫不得已才想把他『過寄』過去的嘛。等幾年，年生好了，他身體也養起來了，再去把他接回來，不是一樣啊！」

「一樣個錘子！沒得這個說法！你好大個人了，咋個還不曉得這個裡頭的厲害！『過寄』在我們這兒是啥子意思，就是認別個作老漢兒！你媽當年，也是被她媽『過寄』到這邊來當童養媳的。你看她有沒有回去過哇？從來就沒有聽說過『過寄』了還可以接回來的。你曉得不！」

老太爺一席話，說得夫妻二人都啞口無言。妻子忙扯著丈夫的衣角，把他拉了出去。

老太爺是一家之主，自然有他逞性也有他厲害的地方。他雖然是個一介漁民，可腦袋瓜子半點不輸給讀書人。就連當漁夫，他那也是村裡大名鼎鼎的漁夫，綽號魚百斤。相傳年輕時，披著蓑衣，撐一葉扁舟，用家裡養的幾隻膘肥身健全身羽翼烏黑發紫雙眼略帶凶光的漁老鴉在岷江裡捕魚，一日能得魚百斤，因此而得名。如今老太爺是老了，眼睛也有些花了，可有神呀，只怕腦袋瓜子轉得比年輕人還快些，心竅比年輕人還多些。

那岷江的水，幾十年裡，來去漲落，淘洗的不只是那一份蜀中盆地的濁氣，也有人心。俗話說，智者樂水。這智不是那智，和文化學識一點兒關係都沒有。這智慧裡有幾分還未被開鑿的靈性，和一顆悲憫的善心。打魚人在水上一輩子，只怕是在船上和在岸上的日子還需對半分呢。都說人浮於事，可沒聽說過人浮於水的。所以，身在水上漂著，可心裡卻不輕浮，沉得住，靜得下來，都是因為兩個字：淳厚。這淳厚裡有大智慧，是老爺子這樣的人才能心領神會的。可你如果是要逼他把這些大道理說出來，他卻講不來，無非是在這些生活的厲害上面，看得極為的透徹，對家事的興衰變遷，考慮得分外的周全罷了。

說歸說了，吵歸吵了，但是生活有它自己的走向，不是一個人一句話一份情，就能夠抵擋得住的。說得俗一點，這就是命，說得玄一點，這就是勢。歷歷天數，總之五貴還是被過寄到成都的張家去了。料不到不出幾年，張家就帶著五貴舉家移民到了南洋星洲。自此五貴就和本家徹底的斷絕了聯繫。

可不正是應了老太爺的話？

*

如今，當我趴在湖邊草地上曬太陽的時候，會偶爾想起一些過去的事情。晨曦和黃昏都是如此短暫，轉瞬即逝。只有潮濕如記憶般的熱浪將氤氳在這島上終年不散的水氣一直源源不斷地灌注到人的筋骨中。等著有朝一日，當所有的天光都隨著眼中的白翳開始模糊，這水氣才一點一滴地從骨子裡散出來。散盡了，人也就隨著去了，這就是在水鄉澤國長大的人的命數了。這水氣不管是來自山川河澤，或是來自碧海奇島，終究都是殊途同歸。

那時，我也總是在這樣潮濕和炎熱的時光中，一面慢慢地汲取並儲蓄著這生命的水氣，一面度過了我那密實且充實得幾乎讓人窒息青年時光。

我本不是這裡的人。（你們是否都以為我將以前的事都遺忘了？這怎麼可能呢？）過去，是無法遺忘的，無非只是一時記不起來罷了。我是四川人，生我的家庭是四川的，養我的家庭也是四川的，對於這一點我的養父張華從來不試圖在我面前隱藏什麼。雖然如今我與父親可能永世不得再見面了，可他知道：

我，是記得的。

父親在這所南洋的中學找到了教職後，我們就舉家移民來了新加坡。八〇年代末移民可是一件大事呀。走之前父親誰也沒有告訴，怕是有政治上的牽連，畢竟作為知識分子的他在文革期間是吃過苦頭的。至於這些苦頭是什麼，我是離開中國之後才在各種各樣的書籍和報章裡面了解到。但是不管是多大的苦難，畢竟沒有波及到我，所以對於我這一代人，我們無法去敘述或者回憶那段時光。它遙遠且朦朧，無法舉證。它們如同所有有關雨林的傳說一般，聽久了，便會讓人膩煩。

對於移民一事，父親連我也沒有告訴，只是和母親在暗中籌畫了一兩年，直到有一天……那是在成都一個夏季的午後，滿城的蟬都跑了出來附著在樹幹上，沿著我家旁邊那條養馬河，一浪一浪地唱著「知了知了、知了知了」，好像是我們家天大的祕密就要被人揭發了似的。

「孝義，你想坐飛機不？」父親午飯桌上猛地拋出這麼一句話，顯得那麼的唐突，幾乎在這些詞句還沒有到達我的耳膜的時候，它們的語序已經被知了的振翼而攪亂了。

（不錯，你已經發現了，張家更改了我的名字，它看起來似乎沒有那麼土氣了。然而，張家更改的不僅僅是我的名字而已，那時起我已經不姓李了。而姓什麼對我是不重要的，更何況如果你們在雨林裡偶爾遇見我，你們是一定不會詢問我的姓名的，對於這一點我很清楚。）

父親問問題向來不唐突，可也從來不會重複。而我記得那一次，他將同樣的問題問了兩遍。「飛機，你還沒有坐過吧？你想不想坐呢？」於是我一邊咀嚼著嘴裡那片半肥瘦的回鍋肉，一邊思忖著，當滿口的肉汁摻雜菜籽油裹著著郫縣豆瓣的香臭從嘴裡溢出來的時候，我用極為慎重且嘹亮的聲音回答道：「想！肯定想噻。」

「好嘛，想哇？想就好。但是我給你說哈，飛機飛得遠哦……可能就飛不回來咯哦。你怕不怕？」

當時，我並不十分明白父親話中隱藏的含義，只覺得他對我提出這個匪夷所思的問題的時候，臉上有一種超越我年齡理解範圍的凝重。那時還是十五歲的我只能隱約地洞察到對於這個問題的回答，可能會對我的生命造成某種不可預知的重大影響。

「怕……怕啥子怕喃？不怕！我們一起飛，我就不怕！」話一出口，我的心中就產生了一種隱約的不安，便緊接著追問道：「那大爸大媽是不是也跟我們一起飛哇？」

聽到這樣的提問，父親臉上閃過一絲幾乎不可能被察覺的驚訝，他立刻就扯了扯我的左耳垂淡定地回答道：「不，大爸大媽不來。只有爸爸媽媽跟你來。」扯耳垂是父親對我表達關愛、默許、肯定、平復等一系列情感的方式，即使多年之後也仍是如此。那一個動作裡有千千萬萬的話語，可都是不言而喻的。所以在父親輕輕拉動我左邊耳垂的那一剎那，我發誓他拉動的並非僅僅只是我的耳垂，而是輪迴中某一個隱祕的機關。那一刻，我分明地聽見命運的齒輪，嘎吱嘎吱地猛烈轉動開來。

於是移民的事情就在我這種似懂非懂的狀態和父親模稜兩可的問答中決定了。而我的嘴巴裡還有那片沒有嚼爛的回鍋肉，耳朵裡又是聒噪的夏蟬的長鳴。知了，知了。或許那時窗外的夏蟬其實已經洞悉了我的今生今世，而牠們並沒有向鄰里揭發我們家這個天大的祕密。所以直到現在，我對於蟬都懷抱著不盡的感激。只要我一聽到蟬聲，就有一種想要進食的衝動。

知了不單單只是祕密的守護者，牠們也不只是打通了我聽覺和味覺之間的那道屏障，說到底，這「知了」裡還帶有一種超自然的能動。就好比說，這成都的夏天沒有這「知了」是不會開始的，這養馬河的水沒有這「知了」也是不會流動的。

養馬河不寬，也不長，除非是像我們家這樣住在寬窄巷子裡的居民，就是本地的成都人也少有人知。父親總是說養馬河「沒源」也「有源」。「沒源」是因為它為什麼叫養馬河，沒人知道，因為河邊從來沒有養馬的人家。指不定是哪個千百年前的名將在入川時讓他的寶馬良駒偶爾在這河邊飲了水，便有多事的人稱這河叫養馬河了，也未可知。而名字的「無源」，並不代表養馬河是一條沒有身世的河流。父親常說如果追溯上去，那河還是從岷江的水分流下來的呢。而岷江呢？它發源於岷山南麓，那已經是漢藏的交界地帶了，所以在我看來，它的出身是極富異域風情的。

岷江從高原發起，順著山勢而下，一路跌宕起伏，這條江在青藏高原和四川平原的交界處開出一條自己的水道來。再往下走一點，到了都江堰一帶，地勢已經從山谷轉為丘陵，這水上便能載舟渡船了。「黃金水道」的名譽也就是隨著這樣充沛的水勢而亙古地流傳下來的。再往下游，便到了樂山一帶。樂山凌雲寺棲鸞峰邊有座大佛，是唐朝時沿著赤紅色的山體開山而鑿的。岷江的水流到大佛的腳下就要慈悲一些。源頭的霸氣和豪邁已不見，只是平實地和大渡河、青衣江在此處匯合。三江匯合處，便是昔日蛟龍興風作浪之地。只是，如今這「山是一座佛、佛是一座山」，那蛟龍也不敢再為非作歹，只好假寐於此，聽樓起樓落。

而就是在這一帶的岷江支流邊上，有了我的源頭，那就是青峨村。所以養馬河的存在以及它的不足為奇，正佐證了我的存在和不足為奇。（如今我常年生活在雨林裡，可只要一想到養馬河的源頭在岷江，我的心中總是會產生一種不可言喻的溫存。）江水從時間的源頭流出來了，流到養馬河，這河就有了一種側走偏鋒的「正統」，而它的「正統」是極為貼合我的身分的。

接著再往下追溯呢？又有什麼呢？自那三江匯成一股，入了長江，滾滾東逝，便入了東海。江入了海，便得了神通，雖然這水還是那水，可是已經退去了往日身形上的束縛，無所不能，無所不知，無處不及。東海又連著南海，兩海上皆有帆。每年秋季以降，東北季風感時而興，這帆便載得了人。載了人又要送去哪裡？那便是南洋了。

如今細數起來，不僅岷江水和南洋水是相通的，我家與南洋的緣分，也是在我小時候就注定了的。還記得成都寬巷子家中剝落了朱漆的大門上，高懸著一塊百孔千瘡的匾。匾上有兩個字，一個字我是識得的，是一個「張」字。另一個字我那時還識不得，便叫父親教我。父親也不直說給我聽，他知道說了我也記不住，就念了一首兒歌打了一個字謎。謎底是什麼無所謂，我當時只覺得那兒歌念得好聽，竟然就忘了謎底，倒是常念著謎題在寬巷子上蹦蹦跳跳地跑。雖然稱它為寬巷子，但充其量也就是比旁邊的那條窄巷子寬一點兒。不過寬巷子倒是很長，所以這兒歌一旦被我唱起來，這歌聲就被籠在巷弄裡，從這頭到那頭，都能聽得見。那兒歌是這樣的：

「一點一橫長，一撇到南洋。南洋有個人，只有一寸長。」

＊

「我的小孫子啊……」

老太爺蹲在鋪滿了鵝卵石的河岸，輕聲地太息著。他兩腳微微地分開，雙膝抵在胸前，手環抱在膝上，嘴上叼著一支幾寸長的竹菸桿兒。竹菸桿兒上插菸的那一頭是銅的，上面插了一支老太爺今早起來自己搓的葉子菸。老太爺一口一口地叭著它，菸頭一明一滅的，他每叭一口，菸就會向後退去一大截。於是，這明滅間就有一種消耗，無法挽回。

老太爺滿腹心事地凝望著眼前的河水，葉子菸捲燃成了白灰都忘了抖。那經過烘烤過的赭石色的菸捲，全都變成了煙霧，在老太爺的肺裡轉了一圈又被吐了出來，裊裊婷婷地升入空中，化入河畔一片水墨的雲霧裡。

老太爺自己的葉子菸是裹得極為扎實的，所以就極為燥辣，這並非一般人能夠承受的。可老太爺行啊！他七歲就給賣到地主家裡放牛，苦了一輩子，所以這點兒燥辣是極為符合他的習氣的。口裡的煙是燥辣的，但是眼前的河卻是氤氳的，水面上的浪是綿密的，遠處的青山卻是隱遁的。

老太爺今天毫無心思捕魚，那五隻烏黑的漁老鴉棲在河面上那艘小木船的船舷上，已經等得有些不耐煩了。冬至早已過了，河風凜冽。雖然川中的冬天向來是潮濕和陰沉大過嚴寒，但畢竟是冬季了，又在河邊，容不得大半日這樣耗著，閒暇著不開工。誠然，這幾隻漁老鴉都被老太爺養得膘肥身健，能抵得住寒氣，但老太爺到底是抵不過的。在河邊蹲久了，手腳就有些麻。雖然心裡是掛念著被過寄到成都的小孫子，但是生活還是要繼續呀。他不得不定了定神，將燃盡的菸灰從菸桿兒上抖落，拍了拍褲子，白灰落入鵝卵石間的罅隙中。老太爺站起來，踏入船中，極不情願地搖動了舟楫。

一艘船，只載了老太爺和他那五隻漁老鴉，所以吃水不深，只是輕輕地浮在河面上。冬季水量本來就不充沛，這水流也甚為和緩。所以船頭就那麼輕輕地撥開一網網綿密的細浪，向河心游去。可船是到不了河心的，因為河心水太深，老太爺怕他的寶貝游禽施展不出牠們捕魚的才能。於是他就在河心和河岸之間，找了一塊水淺、水清、水緩的水域，泊下來。

老太爺才剛用稻草拴好了五隻漁老鴉的頸部，這些水鳥便躍躍欲試地跳入河中，撲騰著四散開來。胴體烏黑的魚鳥啊，全身綴有藍黑色的金屬光澤。羽翼上這些藍黑的幽微光澤是要襯著這天光和水色才能若隱若現，才能悠然自得的。若說牠們只是披烏衣的水禽，那便又是不妥了。因為漁老鴉黑是黑，但是並非黑得一成不變，就好像是夜裡的天光拖住最密實的黑暗，那也是有一些變化的。

可不是嘛，漁老鴉的頰、頦和上喉是白色的，形成一半環狀，後緣又沾了點棕褐色，而眼珠子裡卻放射出橄欖綠的光芒。這通體的靈氣，全都藏在這裡了。靈氣歸靈氣，最難能可貴的是這靈氣是又中看又中用的。牠們那橙黃色的錐狀長喙，先端帶有銳鉤，再加上腳上有蹼，一旦潛入水中，兩翼也能幫助划水，很適於啄魚。

農家的動物，小到貓狗，大到牛羊，一半是寵物，一半是工具。有了漁老鴉，老太爺年輕時候趕著牠們入河，他的竹篙在水面上一打一打的，濺起滿河的浪花，催促著他的寶貝鳥兒們快些開工。於鳥，牠們從水裡啄來的是魚，於人，這撈出來的就是生計。漁老鴉在水上來來回回游個幾圈，然後脖子一伸，一個倒栽蔥式地扎入水裡。一旦入了水，那便是十八般武藝，哪般厲害哪般使了。有時潛下去，不到一分鐘就上來了，而有時一兩分鐘後才上來。也並非每發必中，但大多時候都能有所收穫。

一旦捉到了魚，漁老鴉的脖子就特別的鼓。魚兒被裝在牠那粗壯的脖子裡還沒有嚥氣，每當魚掙扎著擺一擺尾，漁老鴉就伸一伸脖子，又一擺尾，又一伸脖子。那伸脖子也並非是要炫耀什麼，只是想把那卡在喉頭的一尾魚往腹裡嚥下去。可哪能呀？脖子上不是早被老太爺不鬆不緊地繫上了一圈草環嗎？嚥不下去，漁老鴉就只得往回游，游到船邊，翅膀一撲騰，又跳上了船舷。老爺子一手擒住漁老鴉的頭，一手迅速地從牠們的脖子根部把魚一點一點地擠出來。看著看著，漁老鴉就張開了嘴。看著看著，魚的尾巴就露出來了。看著看著，整尾魚就握在老太爺的手裡了。老太爺一面順手將魚送入身邊的甕中，一手握住漁老鴉的喙又將其拋回水裡。

這一系列的動作，看似殘忍，實際麻利，看似粗暴，卻又是極有默契的。農家捕魚人的生活，是有一種粗野的本質。不比閨閣繡花，什麼都是精工巧作的。可這粗野都是外人看來的，箇中人都明瞭，沒有七八年的默契，沒有十幾年的經驗，不是魚兒哽住了漁老鴉，就是帶銳鉤的鳥喙誤傷了漁人，有了這點利索的捕魚功夫，這人鳥間才有人事的大信，這山水裡才有民間的清正。

往日裡，都是老太爺帶著六七歲的小孫子同來捕魚，可如今不一樣。小孫子被送走了，送到那個八竿子打不到的成都張家。老太爺看著這五隻時而游水時而振翅的漁老鴉，他越看就越是覺得隻隻都是小孫子五貴的身影。那一身的黑羽，就是五貴的頭髮。那一雙犀利的眼睛，就是五貴的眸子。那一堆帶蹼的鳥掌，也都是五貴的小手小腳。就連牠們的鳴叫，在老太爺聽起來，都是一聲聲地喊著「爺爺、爺爺」。

老太爺的確是想孫子想瘋了。他越來越少去河上捕魚，老太爺操了大半輩子的行業看來終究是要荒廢了。他整日地窩在屋裡，用村裡能夠買到的最好的豬肝雞胗餵養漁老鴉。他守著牠們，目不轉睛地凝視著這五隻水禽在自己的眼前排開，似乎能從牠們的一舉一動中看到遠方孫子五貴的影子。

那一身蠱惑人心的玄黑羽翼呀，都有那麼一點兒懾人心魄了。

苦了一輩子的人，不怕老，最怕的就是一個閒字。老太爺閒下來之後，就一蹶不振。兒子和兒媳婦看在眼裡，心裡明白是老太爺想孫子，可是又不好勸，畢竟是兩口子把老太爺的心肝寶貝送走的呀。他們一勸老爺子，老爺子就用那麼一種眼神瞪著他們，那眼珠子都瞪綠了，露出如漁老鴉捕魚般的凶光。日子一天天地數下來，兩口子竟然看出老爺子有了下世的光景。幾年後，張家舉家移民南洋的事情傳到了李家，老太爺也就是跟著「去」了。死生之隔，也無非是家鄉的山遠水長。

可漁老鴉呢？怎麼辦呢？那五隻魚鳥是老太爺餵大的，從來就是放養。就算在家裡也是不用籠子的，只在後院裡搭了一個棚，棚裡支兩根粗樁子，上面再橫一根竹竿。那五隻漁老鴉就乖乖地棲在上面一排，不到老太爺叫，是哪裡都不去的。可說來也怪，也就是在打老太爺喪火的那幾天，前院燈火通明，打麻將的打麻將，吃酒的吃酒，再怎麼吵鬧那五隻鳥都乖乖地歇在棚裡，一聲不響，一米不啖。

直到出殯那天，抬棺材的一隊人馬，前腳才剛跨出門，就聽見後院裡傳來一陣騷動。人們忙轉過頭，還沒有回過神，只見屋後倏地騰起幾隻黑鳥。一奮而起，高聲悲鳴，在上空盤旋了好幾圈，才又一起向著河流的方向往東南飛去。陽光透過低雲透射出來，照著那五隻漁老鴉，牠們越飛越遠，越飛越高，可那一對對翅膀在人們的眼睛裡看來卻越來越大，直到五對翅膀連成一片，遮天蔽日的，好似鬼魅一般，竟然遮擋了半壁天光。

最後，五隻漁老鴉倏地一聲，一齊鑽進了一片在半空中壘起的烏黑色的雲山裡面，就再也沒有出現過。

出殯的人當然都看傻了眼。此時，鑼鼓也停了，哭喪的也止住了，抬棺材的幾個也不覺得棺材重了，個個魂不守舍的。青峨村那靜得呀，幾里外的江水聲都能聽見。還是喪火的理事人腦袋靈光，急忙快步上前奪過棒槌，猛地往鑼上一敲，大喊一聲：「老太爺顯靈咯！」天地響亮，這才把出殯的魂魄給喊了回來。於是，敲鑼的又敲鑼，打鼓的又打鼓，哭喪的又哭喪，其餘的個個都附會著說：「吉兆呀！好兆頭呀！老太爺顯靈了呀！」

鑼鼓聲之中，李家兒子和兒媳婦十分卑微又十分狼狽地匆匆相覷一眼，急忙撇開頭，更加賣力，更加撕心裂肺地悲嚎起來。

*

在新加坡安頓下來之後，我便進入了這邊的中學校。男生清一色的卡其色短褲配短袖白襯衫，女生是連衣無袖的白裙。男生雙肩上別著像肩章似的兩顆鈕扣，黃澄澄金燦燦，便有了些英氣。女生的裙襬長而無褶，也不收腰，所以俊俏裡便透出幾絲純淨。聽說我念書的這所中學校是以前廈門哪個大商戶興辦的，他在馬來亞的橡膠園投資賺了錢，便一心要在南洋辦教育。因為這個緣由，這所學校的前身便是一所華校，雖然島國的教育早就改制為英文教學，可學校裡大部分都還是華裔學生，偶有幾個黑臉的印度人，可也都是會說華語的。雖然都是華人面孔，可上課下課大家都只是講英文。雖然我在成都的小學也有學一些英文，但說到底那是依葫蘆畫瓢，不成章法，一來這裡便相形見絀了。好在我數理化方面還不算太弱，所以就只是降了兩級，重新從中三讀起。

（你也都猜到了，剛開始我是很不習慣的，可是後來慢慢就好了。我這樣一筆帶過的描述一定讓你不滿意。然而，我在這裡想要說的，並非是那些文化差異而帶來的衝突，也並非我是怎樣通過自己的努力而在學校裡「出人頭地」的。這些東西，你在其他的小說裡面也是可以找到的。我真正想要告訴你的，是我為何最後會遠離人的社會。）

我曾極度矯情且略帶詩意的認為所有的回憶是水做的。我喝了一輩子的南洋水，日日傍水而居，與水為鄰。這水不是那水，因為它不是海水，而是一片湖水，它的名字叫做麥里芝。

在這樣一座名不見經傳的小島上面，原本就沒有什麼天然的大型湖泊可言。然而，這並不代表島嶼沒有自己的水系。如果只是通過一條由政府耗巨資而打造出來的新加坡河而以偏概全，是極不準確的，因為它充其量只不過是給遊客看的罷了。島嶼真正的水系一半「人作」一半「天開」。它們不成水道，運送不了貨物，也更承載不起千噸的遊輪。它們四散在島嶼的各個角落，是經過人工的修飾和昇華的：該植樹的地方植樹，該修亭的地方修亭，該築堤的地方築堤。所以，它們都帶有一個十分功能性且缺乏詩意的名字：蓄水池。而確切的說來，麥里芝湖就是這樣一個在島國供水不足的時候，能起到至關重要作用的水庫。

只可惜熱帶的島國從來就少旱情，所以麥里芝作為一個蓄水池，它是一直「懷才不遇」的。雖然它並沒有充分發揮自己的潛能，然而我對於這片「池水」還是充滿了深厚的感情。這樣的感情使得我不允許別人將美麗的麥里芝湖和一般的蓄水池相提並論。因為這片湖水的腹地上有茂密的雨林覆蓋，這雨林的深處又神祕悠然，也充滿了歷史的傷痕。那自然又是另一段歷史了。

不是已經說過我是記得的嗎？我參加了學校的皮艇隊，而船隊每天訓練的地點就是在麥里芝湖。訓練的時間因賽季而定，有時在清晨，有時在黃昏，不是逼不得已，我們是不願意頂著烈日訓練的。而夏季清晨六、七點左右的麥里芝湖是安詳的，假寐的，妖嬈的。如果是遇到前夜剛好有暴風雨，那麼次日的晨訓便充滿了愜意。

那一天，就是這樣的一個暴風雨過後的清晨。我那艘紅黃相間的小船似乎出奇的窄、出奇的輕。我才剛剛傾斜著將筒形的船身側著放在水面上時，便感覺到了水的浮力。這力彷彿是從湖心傳來的，它透過由塑膠纖維製成的船身傳到我臂膀的骨頭裡。這力裡有一種召喚，是輕柔的。我迎著這股召喚，輕輕地撒開手，這船就像是被送上水面上的一樣，左右輕輕地晃一晃，便穩住了。

暴風雨後的清晨，麥里芝湖格外靜，沒有一絲浪，但卻有風，只是不知這風從哪裡來。風將雨夜後葉子和泥土的氣息吹到湖面上，化開來，百般嫵媚地向岸邊划船的少年們緩緩襲來，輕輕地拂過他們因陽光曝曬而變得黝黑的肌膚。肌膚下緊實的肌肉是划船的動力，這力是發於人身的，是有型的，它與那一股來自湖心的自然且無形的力，相互呼應著，有些挑逗，且又是極為純淨的。兩股力在船下水的那一剎那，合為一股，似乎水也變得格外密實，倍加穩重。它托舉著船，使得船身出水很高。它是沉穩的惆悵，帶有一絲溫存，比被暴風雨刮過的天空溫暖。湖心處的水面上騰著薄薄的水霧，它好像因為羞澀而不願靠岸。

我並膝坐入船中，船身立馬就下沉了四五寸。船身吃了水，就變得更加穩當。我雙手持槳，一邊保持著平衡，一邊輕輕地撥開水面。這起槳的三下，左右左，總是要由淺入深的。若是過於的心急，第一槳就將槳葉全然插入水中，那水下就會有水靈伸出她的手，一把將槳葉抓住，船身就會傾覆。但是害怕傾覆的，又豈止是小船呢？

那麼輕巧的船，撥開那麼細密的浪，如織如網，向著湖心去了。我本是順著湖面上用橙色球形浮標隔離的水道和隊友們一起划行的，可我的心思都不在訓練上，才划出四五百米，便掉隊了。我慢慢地撥開一網一網的綠水，又撥開水中一朵一朵的浮雲，又側過頭去看著湖邊雨林裡那一片葳蕤的龍腦香和南洋桐。除了那些時常跑出雨林來偷竊我們食物的長尾獼猴和那些偶爾在湖面上游過的馬來亞水巨蜥，在這片雨林的深處還有什麼呢？為什麼教練從來都禁止我們進入這片雨林呢？

突然一陣波浪聲打斷了我的思緒，我一驚，趕緊又右手翻轉船槳，將右面槳葉的背面迅速地壓向水面。船頭靈敏地一個右轉，便穩穩地停了下來，只在身後留下一道彎曲的水痕。一個黑影，從水面倏地騰起，停在了離我十米開外的一節青龍木的樹枝上。我頓時還以為是自己迷了眼，定了定神，再一看，呀！可不是一隻胴體烏黑的水鳥嗎？

這鳥長得也奇，是我從來在島上沒有見過的。我划一艘尖尖的船，橫一支長長的槳，癡癡地盯著牠，可牠一點也不怕我，也是側著頭把我端詳。滿湖的碧光都凝聚在牠橄欖綠的眼睛裡，都有些動人心魄了。我們不知這樣對視了多久，牠又倏地騰起，飛入了雨林中。

我環顧四周，一個隊友也沒有，又轉過頭來看了看眼前這片神祕的雨林，在極大的好奇心的驅使下，我心一橫，便划了過去。

我將船小心地拖離了水面，將其擱置在一叢羊齒蕨的旁邊，又將黑色的槳插入船身裡，待確定了船不會被湖水沖走之後，便轉身走入了雨林之中。

*

孝義一走進那片禁忌的雨林，便彷彿倏爾墜入時空盡頭的蠻地。那有一種與文明遙不相及的奇妙與隔絕，夾雜著熱帶雨林中特有的陰濕泥土和各種腐植質混雜的氣味而湧入他的鼻息中。麥里芝的湖水和島國的朝陽都被隔絕在外，恍如隔世。

孝義抱著一種尋向桃源迷津問渡般的心情走入其中，殊不知他所要面對的並非是那他自己憑空臆想而出的樹妖藤精蝮蛇蜈蚣，而僅僅只是那些葉利如刀、莖藤帶刺咄咄逼人的蒼綠的植被。他因為穿短褲而露出的肌肉緊實且黝黑的長腿才剛要走過，它們便胡亂地打來，在腿上留下淺淺的傷痕，棲他的身。它們也遮遮掩掩地在孝義的眼前堆疊出一個永恆的沒有盡頭的景深，讓他追隨著去了。孝義執著的堅信他會在叢林盡頭找到那隻消失的黑色水鳥。

像是被施了咒，孝義已經無法用理智去判斷當初進入雨林的初衷，他只是一味地穿越過這眼前被枝葉所遮罩的路，企圖在雨林之中找什麼。獼猴已在頭上組成祕密小隊，悄無聲息地尾隨其後，藤蕨將它們的根莖用最快地速度在他還未能目之所及的前方編織出更為錯綜複雜且無法解析的歧途。雨林中的一切都在此時因為一個闖入者而變得警醒，它正用花的粉末、鳥的腹語和樹葉相互疊嶂的方式祕密地在彼此之間暗通款曲。而這一切都不被孝義察覺。

孝義在一種近乎被催眠的狀態下前行，直至穿越樹葉罅隙的微光用那僅存的餘熱在他黝黑的皮膚上斑駁出一些圈圈點點的條紋。這樣的斑紋迅速地在他的皮膚上烙下永遠不可磨滅的印記，奇癢難耐。先是從雙肩和腳背，然後順著脊椎的血液和神經衍生到整個背部和頸部。他本能地抓撓這些開始變質的皮膚，但不曾發覺在這些因為抓撓而裂開的皮膚開始迅速地角質化。這些黑色的角質在他的背部連成塊，形成如同甲冑一般堅硬的外殼。

在他身體開始發生這駭人變化的同時，孝義似乎開始漸漸能夠解析森林中的謎語。他聽到各種聲音和語言在交頭接耳，他嗅到空氣中每一寸水分子的變化和飄散著的千百種的花香和草氣，他甚至只要微微的伸一伸舌頭便能夠嘗到這些氣味後面各色不一的化學資訊。

他的雙手雙腳慢慢地學會了用另一種姿態與地面接觸，他甚至也發現了自己的視角從高到低的轉變，他還發現到了他的腹部在划過地蕨時所感受到的大地在幾公里之外的微微顫動。

他如同一隻巨型爬行動物在雨林的地面層上爬行著，但他對自己身體的變化不以為然。突然間，他聽到雨林裡千蟲合鳴的歌詠，而領唱的正是那「知了知了」的蟬聲。這聲音猛地勾起他想要覓食的一種急切的生理欲望。他於是更努力地伸出舌頭，探查黑鳥在雨林中留下的化學信號。他越來越堅信在不遠的前方，在一棵不高的樹的第一節枝椏上他能看到那隻黑鳥。然後他將用他的利爪勾住樹幹，悄悄地攀爬而上，再從牠的身後猛撲過去，一口咬死。

在他的利齒刺破黑鳥華美羽翼的那一剎那，他會突然記起他曾經為人的那些再也不可挽回的時光。

*

孝義的失蹤成為了島國最大的新聞。他的張家養父養母從學校主任那裡得到這樣的消息之後，嚇得差點當場昏死過去。一個月過去了，警察全面地搜尋了雨林。三個月過去了，人們嘗試打撈麥里芝湖湖底的屍骸。半年過去了，這場風波漸漸地平息下來，人們漸漸地開始遺忘失蹤少年的故事。只有永發街的居民在看見這老兩口的同時，會關切地問一問孝義的下落。

那年年底的國家皮划艇賽在麥里芝湖上如期召開，孝義的校隊並沒有因為他的失蹤而受到影響，他們最後還是獲得了冠軍。孝義的失蹤本身是一個謎，只是他這個謎消失在了雨林這個更大的謎中，他最終被人們徹底地遺忘了。

只有張家的養父養母，會在每個星期六的晚上，趁著月色走入雨林。老兩口找到林中最大的那棵青龍木，然後在樹下輕輕地擺好幾斤去骨的生雞肉，然後就蹲在那裡靜靜地等待著……

2 祝福

1.

再過三個星期就是年夜了。

牛車水的年貨市場早就已經紅紅火火地擺起來。賣糖果的、花燈的、臘鴨的、服裝的……但凡是小妹能夠想到的那裡都有。這可了不得，比在中國的時候都還要熱鬧。每年余東旋街和新橋路那兩條長街上的花燈只要一亮，人人就知道，這是去牛車水購置年貨的最後時期了。可今年的市集有些不同，什麼都有，唯獨沒有賣鮮花和盆栽的。

寶塔街、史密斯街、碩莪街、登婆街和丁加奴街是不得不去，又是萬萬不可以去的。只因為那裡萬千的帳篷都搭了起來，萬千的燈火都亮起來，萬千的聲音都響了起來。那糖果的香甜混在南國溫潤的空氣中，又混入人流的汗氣裡。這氣味在那些散發著昏黃光暈的燈泡周圍一飄，就蒸騰起來。這些甜味、酸味、臭味都擠在人聲鼎沸的巷弄裡，升到了天上。可還不等它能夠竄入那永夏的星空，就又被街道兩旁鱗次櫛比的樓宇之間橫掛著的無數成排的小燈籠罩住。下面的人聲與人氣不斷地升騰上來，上面的又還來不及散去，於是那市聲就變本加厲、踵事增華，一浪浪一層層地囤起來。像是要把去年一年還未說盡的話還未用盡的力，都在這裡消耗掉似的。如此一來，天上和人間都是同樣的擁擠吵雜。

小妹走在人群裡，半點自主的能力都沒有。人群比肩接踵，他們去到哪裡，小妹就跟到哪裡。小妹不高，從五官到身段都長得十分的緊湊，一張瓜子臉，一雙杏仁眼。雖然嘴巴還算飽滿，可就是鼻子塌了些。這鼻子一塌，個子一矮，人就缺了幾分洋氣。所以不管是走在買年貨的人群裡，還是別的哪條街上，小妹都是屬於常常被人忽視的那一種女人。可這正好符合了小妹的性格。要是討喜的時候，有人說那是恬靜，要是不討喜的時候，那就是幾分木訥了。

恬靜也好，木訥也罷，說的都是她，她聽到別人這樣評價她，也不生氣。只是將一雙杏仁眼瞇成一條縫，然後再看向別處去，似乎是滿不在乎，又似乎是有一些不甘心。可就算是抗議，也是轉瞬即逝的。小妹置身人流中，頭轉來轉去，目不暇給的年貨，她看都看不過來，可忙壞了她的那雙好眼睛。

可小妹的忙，和別人的不一樣。別人是眼睛忙、嘴巴忙、手腳也忙。因為他們看到了什麼就要購置，而小妹呢？她兩手空空，什麼也沒買，什麼也不打算買，她只是不停地張望，憂心忡忡的。她來來回回把整個集市逛了幾遍都沒有看到賣花或者盆栽的商家，於是心裡便有了底，臉上就露出了一絲藏不住的笑意，可這笑意也是從憂心裡升起來的，轉瞬即逝。她出了集市，深深地吸了一口氣，嗅到島嶼暑氣消散後夜的涼意。這涼意從她那針織的薄衫下輕輕地繚過，她感覺到一滴涼涼的汗珠從她那小而堅挺的乳房之間急速地滑下去。

小妹順著南橋路往家去，路過佛牙寺山門的時候，停住了腳。她轉過頭看著這座新嶄嶄的廟，若有所思。她看不出這廟出簷深遠，斗拱宏大是按照典型的唐朝寺廟仿建的，她只覺得裡面一片金碧輝煌，耀眼得很。小妹如今心裡有個未了的願望，又有牽掛，她突然萌生了進去跪在觀音腳下磕幾個頭的想法。菩薩呀，我的心願如今看來十有八九也能成了，如果有了你的保佑，要是真成了，我是一定要來還願的。小妹連在菩薩腳跟前，怎麼問訊，怎麼磕頭，怎麼許願都統統想好了，可她見裡面一片金色的光海，遂又膽怯得不敢進去。

她只好踮著腳，欠著身子，透過兩進的前院，從香爐上望過去，正好望到正殿裡那一尊彌勒菩薩的腳。小妹貓下腰想看看菩薩的臉，視線一點一點往上移動，都已經看見脖子上的三道無礙頸紋了，卻又被香爐擋住。她想換個角度試試，於是從廟門的左邊走到右邊，又從右邊走回左邊。可不管是哪個角度，總是看不到菩薩的臉，雖然看不到，可這一來二去，便留意到了別的東西。

她慢慢從最裡面的正殿看出來，留意那廟門前柱礎的石蓮和柱體的卷殺，又看到面闊三間的朱漆的石塌板門上的銅釘與鋪首。再往外看，突見一雙石頭大腳，小腿比她的要還粗，腿上都是青筋，衣襬飄動，有無數的褶邊，邊邊上都勾了金。小妹一抬頭，目光正好撞上一張金剛力士的臉，凶神惡煞的樣子，好不嚇人。定了定神，再往下面看一點，就看到力士裸露的胸部和結實的肌肉，再下面一點，就是那一片如同龜紋般緊實的腹肌。她心裡一怔，緩了半拍，一股燥熱從胸口湧起來，暈在臉上，泛出兩朵紅蓮。眼睛一閉，罪過罪過，便猛地把頭調轉開來。一邊默默念道，一邊迅速地像是做賊似的從廟門口走開了。

一個廟裡執事的和尚，剛好從側殿出來，要在廟門口放一張告示牌，看見小妹一驚一乍的樣子，覺得著實好笑。念了一聲阿彌陀佛，便轉身回廟上了樓去了，告示牌上寫著：

旱魃為虐，謝絕香火，以杜火患。

2.

這一夜，不知道是因為心裡的願望和牽掛，還是在廟門前褻瀆了力士，小妹躺在永發街從一對老夫妻那裡租來的單間裡，輾轉反側不得入眠。夜蟲的低鳴，隨著月的光，瀉在枕頭邊。噓噓、噓噓……像是那個男人低聲地在枕頭邊對她耳語，訴說一夜不可告人的祕密，擾亂她的安眠。那絮語痲酥酥的，直竄到耳心裡去，然後在她那並不飽滿的乳房上輕輕地摩挲了幾下，就順著她平滑的小腹，往下面去了。小妹緊閉著眼睛，皺著眉頭，清晰地感覺到蟲鳴和月光的手段如他一般的溫柔嫻熟。一層細密的汗掛在她頸項後面那一層柔軟的毛髮上。小妹卻猛地睜開眼睛，從床上坐起來，穿上拖鞋，走出門去。

房間在永發街的中段，騎樓在這裡朝兩邊凹進去，形成一個「中」字。如此一來，門口就有了一小片多餘的空地，改造成小花園，精緻而簡單。花園裡放了一張石桌和幾個石凳。石凳旁有一架鐵秋千，年生有些久遠了，日曬雨淋，鏽跡斑斑，反而多出一絲古韻。

睡不著，還不如出來坐坐，免得心神不寧。小妹從房裡出來，順手拿起門口的一把蒲扇，一個人，伴著靜夜，坐到剝落了綠漆的秋千上。她輕輕地扇動著那把蒲扇，想把一些惱人的思緒扇入這熱帶的夜裡。蒲扇一晃一晃的，微風一陣陣地拍上她的臉。那熟悉的耳語便漸漸地消失了，被吹走了嗎？它好像完全地消散在了這微微撩過有焦灼氣味的黑色夜風裡，捎給了天上的成串的明星和一彎赤紅的月。

如今，小妹再也看不出花園裡曾種過什麼花，似乎有一些難以啟齒而又無法預知的年華都如同這些消失的花草在前路上凋謝了。四個月了，沒有一絲雨水，不單單是花草，就連整條街乃至於整座島嶼的植被，都因為這百年不遇的旱情，而枯死了。誰能夠想像一座沒有雨樹、九重葛、蠍尾蕉、青龍木和蜘蛛蘭的熱帶島嶼，憂鬱而乾燥的永夏？街心的那一棵三層樓高的黃盾柱木，一棵比這個國家還要久遠的樹，如今已經全然頹敗。巨大而沒有葉的枝幹，仍然頑強地伸展開來。那些以近乎詭異的姿態在夜空中伸展開的枯枝，織成一張網，給人一種不祥的預感。但即使是這樣突兀又有些哀然的延伸、折轉和分叉，也照樣撐起頭頂上一片璀璨的星空，讓小妹覺得如今和以前相比，似乎也沒有什麼改變。但是，她知道這樣的錯覺，是如同美的幻想一般不可維持，畢竟誰也不可否認缺水的事實。

因為水源緊缺，島上所有的蓄水池都早已開閘放水，幾個「新生水」水廠和海水淡化廠日以繼夜地運作，勉強能夠維持居民的日用水。可是，整個永發街的居民早已經收到政府通知，每人每天只能用四十升水，已經能與世界缺水地區如蘇丹、伊朗相比。所有的園圃中的植被早已全部枯死，全島無花可賣。恰逢新年，金橘、金錢樹和發財竹原本都是少不了應景的東西，既然本島的苗圃供不出，就只能從鄰國進。但凡是從馬國運來的，都快和金子等價了，唯有闊綽住洋房的人家還消受得起。

一個沒有花卉的新年，這叫人怎麼過呢？

至於餐飲業，更是不景氣得一塌糊塗。俗話說好媳婦做不出無米的粥，這蒸的、煲的、燉的都是年夜飯桌上的大菜。民以食為天，就算是天破了也都可以用米粒去補的，所以在年夜飯上萬萬不能吝嗇。可如今政府明令禁止供應耗水的菜品，更不用說湯品和粥類了。所以今年不但所有提供年夜飯的餐廳都關門閉戶。幸好牛車水一帶靠著這唯一的年貨市場積攢起了些人氣，不至於讓新年過於冷清。年頭年尾不紅火，就會影響氣數，是個人的，也是國家的。

小妹家對門那一家紅火了幾十年的粥店，因無粥可賣而倒閉。她透過密實的夜色看著那拉上的捲簾門，知道這門再也不會伴隨著惱人的聲響在清晨四點的時候開啟了。想起去年旱情來到之前她和張強在此吃粥的情景，就不覺往喉頭上狠狠地嚥口水。在喉部軟骨下意識的上下翻動之間，她似乎還能嘗到皮蛋、豬肉末和蔥的味道。

也是這般的夏夜，沒有蟬，兩人面對面地坐在粥店騎樓下塑膠的劣質椅子上。一絲溫熱的風從座位下面鏤空的縫裡竄上來，也分不清是涼意還是未能消散的暑氣。兩人都是寡言少語的人，不是說不出，是心裡緊張，而心口相連，也變得小心警醒。

小妹攪拌著粥，蒸汽騰上臉來，隔著它，把視線投過去，投在張強的臉上，中國北方的漢子，疏闊的臉龐。朦朦朧朧的，眉目間有些英氣，可最終還是被鄉下人那股質樸的土氣掩蓋。一雙眼睛倒是生得澄亮，闊嘴一咧，還有些男兒的稚氣。小妹看見了，心中有一股說不出的踏實，透露在眼眸裡，就有些溫情脈脈。

張強盯著她問：「看啥？」

小妹眉眼低垂，有些嬌嗔地用平翹舌不分的福建口音回道：「看你傻。」

「哪裡傻？」聲音裡是男人渾厚的底氣，襯著厚實的熱帶的夜。

她眉眼一轉，眼角挑起來，又投過去一個眼神，說道：「心傻！」「頭不傻？」又是一問，分明有了些曖昧，卻也難不倒小妹。

眼神再落回白粥上，又是一攪，綠蔥和入白粥。蘭花指拈著湯匙柄，不急不緩，再攪一圈，也不看他，回道：「沒頭沒腦，怎麼傻？」

幾問幾答，兩人就有了一些心照不宣的默契。他們說話總是這樣，像是猜謎。一個打著謎語，一個猜著了謎底，卻也不說，只用另一個謎語去回它。另一個人心思縝密，轉念之間，已將謎底識破，心中暗自掂量，便也能覺察出兩張嘴是否說得到一處去。謎打得好，這謎既是「蜜」又是「密」，是別人聽不懂猜不透的。唯有騎樓旁開著的一樹雞蛋花，聽得入迷，在夜風裡落下。

那時候，小妹和現在一樣在一家牛車水的中國餐廳當經理，平日有空就在永發街騎樓下給人剪剪頭髮。張強也是附近建築工地上的工人。說來也巧，兩人都是新移民，在中國的時候，他們充其量只是混了個大專的學歷，到了南洋自然從事著一些藍領的工作。可是到了談情說愛的關鍵時候，也竟然能有這般九曲十八彎的委婉。不知是在這人情世故上面狠下了些功夫，還是天生就有這方面的天資。不管怎麼，戀人之間的話語總是瑣碎煩絮，有一種無以復加的來回往復。於是兩人守著一碗粥時常吃到深夜，興致好時就再叫幾盤魚生。

而時過境遷，魚生也不鮮了，粥味也淡了，花木也凋零了，張強也不在了，而永夏依然是永夏，蒼天仍然是蒼天。可如今這天底下只坐了小妹一人，搖著蒲扇在回憶裡盪秋千。

3.

關於張強的突然失蹤，小妹總是想不明白。工程還未竣工，工地裡她也去過多次，問的人不是搖頭說不曉得他的下落，就是索性直接迴避她。這一群從中國來的建築工人，哪一個沒有讓小妹在騎樓下給他們理過髮？哪一個不是圖個便宜又看小妹理髮的手藝好都等著她來剪？如今好了，張強不在了，也不來光顧小妹的生意，不但不幫她找人，見了她還極力敷衍。好一個世態炎涼，南洋總是三伏天，她看人心卻是數九日。從現在推算回去，張強失蹤都快一個月了。

上個星期，小妹趕在去餐廳上班之前，想再到建築工地上找主管打聽打聽張強的下落。工人出工得早，等熱氣在十點左右起來了，就有半個鐘頭的休息時間。小妹就想趁著這個當兒，去碰碰運氣。工地不遠，就在兩條街外的金殿路旁，政府要在那裡起高樓。餐廳可以關門，植被可以枯死，再怎麼缺水，修路造房子的事情還是不能耽誤的。這個國家就是這麼奇怪，全島大大小小的建築工地因為關係到外資和國際名譽仍然沒有停工，外來勞工也沒有遣散，只是將進度放慢了。

無巧不成書，小妹人還沒有走到工地裡面，就遠遠地看見四叔蹲在鐵門口抽菸，心事重重。四叔姓魯，素來就和張強好，聽說和他都是中國北方一個縣裡招來的，在家裡排行老四。他和小妹、張強並非沾親帶故，喊他四叔也單是圖個親近。回想起有一日小妹請兩人一起在她工作的餐廳吃飯，四叔和張強老哥老弟的你一杯我一杯地敬酒，就看得出兩人感情是真好。再想想張強偶爾也提到四叔為人耿直，小妹就知道別人說不知道張強的下落是敷衍她，這裡面一定有什麼祕密。今日拿住四叔，問個明白，不怕他不說。她一面想著一面加快了腳步。

「四叔！四叔！你過來，我有話問你。」小妹扯著嗓子大叫著，一節枯枝震得從樹上落下來，啪地一聲砸在地上。

四叔抬起頭，看著小妹跑過來，也沒有要躲她的意思。只是皺了皺眉頭，緩緩地站起來，用腳掌蹭了蹭還沒有抽完的菸。一抬頭，小妹就已經閃到了他眼前。四叔跟張強一樣，比小妹高出一個多頭。他看著眼前這雙杏仁眼裡閃著灼灼的光，比天上的太陽還要燎人，就將視線不安地挪向一邊，說：「哎，來啦。」

小妹一把抓住四叔粗壯的手臂：「四叔，這次我得不到一個答案，是不會放你走的。你說，你老老實實地跟我說。張強為什麼就這麼走了？他到哪兒去了？是回中國了？還是到別處做工去了？另外有女人了？換公司了？他為什麼不來告訴我一聲？」

四叔將手臂從這小而強悍的女人的手裡抽出來。從褲袋裡掏出一包中華，抽出一根來，點燃了，深深地吸了一口，指了指工地旁邊的小巷，說道：「來，我們過去，我跟你說。」

「光天化日，我來問張強的下落，又不是搞什麼見不得人的勾當。你要說就在工地門口說，誰要跟你去後巷！」

四叔雙手背在後面，腰身有些佝僂，是習慣，走出幾步，轉過來，見四周沒人，一跺腳，壓低著嗓音說道：「叫你來你就來。我魯四你還信不過？」小妹頓時啞口無言。的確，那次過後，她想她在這個男人面前也沒有什麼需要隱藏的了，於是就跟著他的背影去了。也是一個虎背熊腰的男人，要不是禿了頭，背影還真像張強。四叔的禿頭在烈日下閃閃地發光，她突然注意到他那扁平的後腦勺，「一個沒福氣的男人！」她在心裡恨咒了一句。

三層樓的戰前組屋，背對背著立了兩行。中間一條逼仄狹長的後巷，那樣安詳，炮火轟不垮時光帶不走。螺旋的樓梯，一對對地垂下來，落入一個個一樓的小花園的高牆內，不見了。誰也說不清楚在這樣的後巷裡，有多少被晾曬過的被單和被洗得褪色的內衣褲，抑或是有多少被偷偷引入室內的情人；誰也數不清到底有多少隻夜貓被好心獨居的老婦們餵養，是野貓多還是老婦多？

這是一個後面的世界，它有它自己的故事和訴說的方式。這些故事都被小心翼翼地與當街前門的那個世界隔離開來，以至於那些總是在吃飯時間突如蝗蟲一般到來的食客們從來都沒有發覺過後巷的存在。有些祕密，勢必要在這樣的後巷裡慢言細講的。說話的人到了後巷，就要用後巷獨有的語調聲氣。後巷並不如你想像的那樣因為它的祕密而變得晦澀陰暗，日頭高照的時候，這裡也是什麼都藏不住的。刷白灰的牆體，反射澄亮的流光，一切過度曝光，反有一種掏心掏肺的誠懇。

四叔用腳輕輕地踹了踹被他提前放到牆邊的一盒小紙箱，還未拆封，上面都是康師傅速食麵的印刷體字。

小妹一臉茫然，又兀地漏出一絲冷笑：「什麼意思？四叔，你該不會是想用一箱速食麵就把我打發了吧？」

四叔聽不出這是諷刺還是幽默，只是硬生生回她道：「張強寄給你的。」他向陰的那半張臉被白牆上幽微的反光照亮。

「什麼？張強寄給我的？從中國寄來的？他果真回去了？寄的什麼東西？」小妹一邊問一邊蹲下身子來，不斷地用手擺弄著箱體，左右旋轉著它，和地面摩擦出謔謔的聲響。

小妹感覺箱子裡面沉甸甸。她細看紙箱上的標籤，標籤上沒有張強的字，即使有她也不會認得，只有電腦列印的一張紙單，貼在上面，是中國郵政的特快航空郵包。收件人是魯四，後面寫著轉小妹。僅是如此連她的全名都沒有寫上，收件地址是工地。為什麼不直接寄給我？再往上看一點，就發現有些蹊蹺，寄件人不是張強，而是「花花世界有限公司」，西米塞！小妹喃喃罵道。地址是……漳州！

漳州兩個字在小妹腦裡突然勾起許多久遠的回憶，恍如隔世。那些記憶的片段以快閃消音的形式從她記憶的折光裡跳躍出來，猛然地在眼前的白牆上投射出三個不太清晰的畫面。第一個畫面上是一間老厝，陰暗的房間裡堆滿了大大小小的紙箱，每個紙箱裡裝滿了一粒粒碩大的花的種球，包裹在棕褐色的鱗衣裡，上還帶著舊土，卻已可見葉芽。第二個畫面裡有阿嬤，阿嬤看上去沒有去世時那樣的蒼老，臉上的皺紋在記憶成像中被羽化，她戴了斗笠穿了齊膝高的黑色膠鞋在田裡彎著腰查看畈間大片大片的壯美菖葉。在第三個畫面裡小妹看到了年幼的自己穿著紅得豔俗的新衣，站在那一大片有菖蒲的畈上，一世的春光都笑在了那一對彎月般的眼睛裡。

怎麼會有郵包從老家寄來？張強去了我老家？小妹暗自忖度卻不得其解。當她仰起頭把疑惑的眼神射向四叔的時候，四叔又猛地叭了一口菸，說道：

「今天才收到的。本來想給你送去，正好你來了。不要問我裡面是什麼，如果你不知道，我更不知道。我猜是張強給你的吧……」

是啊，這裡有多少人既知道他叫魯四，而又認識我小妹的呢？「可是他人呢？」

「人……你就別再想著他了，跑了，走了，不都是一樣嘛？為了一個男人，你何必呢？都是露水姻緣，也不是沾親帶故，小妹，我看就算了吧，總之是千里搭長棚。」

小妹端詳著四叔，他不像是對自己還有覬覦才說出這樣的話的。那次以後，小妹已經說得很清楚，是她一時糊塗，不會有下次了。真的要算了嗎？小妹直愣愣地盯著箱子，心中又是好奇又是失落，失望和希望的交織是會讓人心瘋狂的。要不要忘了這個男人，她還沒有想好。至於自己為何會對張強這樣的癡心，她也無法解釋。雖說是露水姻緣，可也有萍水相逢的難得，怎麼可能說忘就忘了呢？不管怎麼說，看來在四叔這裡是套不出話來的。或許他也是真的不知道他的下落。小妹眉頭一皺，兩手抱住箱子，猛地站起來，說道：

「四叔，謝了，東西我收……」

起身太猛，話還未完，一陣眩暈，雙腿差點就軟下去。魯四連忙上前接住箱子，一把摟住小妹的腰：「小妹……」

話還沒收尾，小妹掙脫出來：「你想都別想！我只認張強！」一個負氣的轉身，她抱著箱子就往回走，頭也不回。她心裡清楚在他面前，她還是有些籌碼的。

魯四看見小妹的背影，她那一團幾乎縮成圓點的影子被她踩在腳下，他始終不解自己哪裡不及張強。

那麼明媚的陽光，讓所有的畫面失真，還有什麼不能被洗白淡忘的呢？

4.

在秋千上坐久了，睡意消散，小妹索性走下來，進到屋內，從冰箱裡把已經拆封的紙箱搬出來，放在花園的石凳上，又找來一把新買的美工刀，擱在石桌上。樣樣擺好了，整整齊齊，她才打開箱來，月色下，八個水仙花球，包裹在棕褐色的鱗衣裡。主球個個碩大飽滿，子球嬌小可愛，都是三五個一起地合成一組。小妹暗自慶幸她把它們在冰箱裡放了一個星期，緩住了發芽的時間，從葉芽的長短來看，鱗莖還未完全甦醒。

她選了一個堅實飽滿的來，左手拖住花球，還有絲絲涼意，右手食指拇指捻起美工刀，嫻熟地將主球上乾枯的鱗衣件件挑起撥除，又將根盤上多餘的鬚根節節刮掉。褪去鱗衣的水仙花球露出如少女胴體一般乳白色的鱗莖，雖然還是含苞待放的一顆，可萬千的風情都要呼之欲出。小妹握住乳白色的花球，像是握住了幼時女兒身。

自從來到南洋，小妹已經很多年沒有雕刻水仙了。她突然憶起阿嬤坐在漳州老厝門口，手把手地教她雕花時的光景。花憶前身，花事皆是人事，沒有窮盡天工的雕琢，也沒有日後的荼蘼。可人隨花轉，在幾番枯榮之間，自己畸零一生，飄落南洋。阿嬤那年去世，家裡人後來說起，病榻上的她在彌留之際也念念不忘小妹。而人隔兩地，花果飄零他鄉，一汪南海碧水，幾波似雪滄浪，小妹最終還是沒能趕回去。此後，小妹發誓不再雕花，以祭祖母亡魂。這件事情，她從來沒有跟人談起，對於張強，也是偶爾提到，以紓心中多年傷痛。卻不知說者無心聽者有意，張強還真是將這段故事銘記在心。

天上仍是一彎赤月，仍是幾顆疏星，照著在花事凋零的小花園裡。夜風送來溫熱的暑意，小妹用左手拇指輕按花球中心，找出質地柔軟的一塊，凝神入定，以刀尖淺淺刺破外層葉苞片，再以刀腹緩緩壓入，入刀不及一釐米深。刀刃才剛嵌入花球，小妹頓覺一股酥麻的暖流，從小腹一直竄向下體，直指花心，好似張強粗糙的手掌和魯莽的指頭。那些無數個如今夜一般炎熱的夜晚……小妹不禁渾身一顫，險些割傷手指。

她著實有些恍惚，又不知其所以然，只好深吸一口氣，閉上雙眼定神。可剛合了眼只見廟前的那個金剛力士袒胸露懷，向她飄來。又是一驚，睜開眼來，唯見手中花球，圓潤濡濕，萬般可人。撩人月色，乍明乍暗，小妹媚眼含春，蘭花指輕捻花刀，推、挑、剝、刮，越走越險，卻又步步為營，唯恐辣手摧花，傷及花苞。層層莖片，白嫩嫩，黏糊糊，皆隨刀勢飄落桌上，好似落花殘瓣，隨流水飄入記憶的長河。她倏爾想到童年老厝，倏爾念及和藹阿嬤，倏爾又聽到幽微的男聲隨風不斷送入耳根……而下體酥痳瘙癢，抑或微微疼痛，也隨刀法時深時淺，時快時慢，極盡繁複花樣，直至滬濡澄亮的體液，如同花球開苞後被刀刃所傷而不斷溢出的黏液，在兩腿之間淌出，叫人欲罷不能。待到一個完整的花球已被削除得只剩半壁江山，苞心綠芽乍現，她已不知幾經醉生夢死。

小妹雙眼撲朔迷離，好似夢回漳州老厝，耳邊頓起阿嬤諄諄告誡，不可學其生母，重蹈覆轍，墜入風塵。但卻不知命裡桃花，是血裡帶來的三分，不可決斷。小妹一鼓作氣，忍著下體的疼痛，再用纖纖細指輕柔地將葉芽和花苞分離，用拇指沿葉緣來回反覆摩挲，百般愛撫，遲遲不忍下刀。最終心橫念定，提刀將根根葉芽都削去三分之一，又在花梗底部橫切一刀，直至事畢。雖然只是雕琢了一顆花球，上上下下卻也耗去四十分鐘時間，早已氣喘吁吁，香汗淋淋。

原來老家祖傳的蟹爪水仙刀法，小妹還沒有遺忘。這蟹爪水仙靠的都是工藝，而巧手仁心，求的卻只是一個「傷」字。不割不切不削不刮，待到水仙花開，便是直挺挺地抽身而出，毫無詩意，花葉更不會彎曲繾綣，盡顯如波如流的嫵媚意態。花心如人心，自知如何癒合、如何修補，未傷處健長，傷處則養護，所以花葉片片不同，從兩壁殘損的花苞裡抽身合抱而起，形如蟹爪，神若游龍。萬千的媚態下，卻總擺脫不了殘損畸零的身世。護花人有心，雕花人自殘其命。小妹要沉溺要墮落，可也沒有這個資格，母棄父亡，阿嬤一手帶大，終究不願小妹如同母親蓮步煙花柳巷。遂忍痛割愛，將畢生雕花之技自幼傳授於她，可靠它為生。

小妹趁著夜色，將八顆水仙花球全部雕成。又取來今日省下來的清水，在塑膠盆裡倒上淺淺的一層，將花球翻轉浸在水中。沒有完全淹沒的部分，小心翼翼地用棉花蓋住，放入屋內床下陰涼處。她又找來手巾，用水潤濕，輕輕擦拭身體後，方才躺回床上，合眼入夢。只盼日後水仙花開，牛車水年貨市場上就只此她一家，不但有花可售，還是漳州蟹爪水仙，若能賣出一個好價，也不負張強一番苦心。

5.

此後一個星期，小妹更是省著用水，節約下來的都用在水仙花球的養護上。她日日為花球換水，清洗黏液，修整葉形。八顆花球，分為兩盤，在青花瓷盤上定植妥當，心頭一算，等到花開，正好將近年夜。到時僅僅這兩盆蟹爪，在牛車水亮相，定能引起轟動，賣上幾百幾千的價格也不算什麼。

花期將至，可是張強仍然杳無音訊，小妹很是煩心，終日心神不寧。再加上每日上工放工，總是經過佛牙寺，每每看到門口的兩個金剛力士，就會想起張強。一來二往便有了進去求籤卜卦的念頭，又看殿堂輝煌，似乎隔了千山萬水，不是個能在佛像前傾訴的地方。可尋人問事，不到廟裡，又能去哪裡？在心中醞釀許久，終於在一日黃昏時分踏進山門，入了廟。

才剛繞過門口那鼎因幾月無人上香而被刷洗得嶄新的香爐，還來不及入正殿百龍殿，就見一個執事的和尚迎上來，道了一聲阿彌陀佛。小妹一驚，頓時手足無措，面紅耳赤，站定了，低下頭來。只見那和尚身著一身黃褐色的長袍，白色綁腿從羅漢鞋裡透出來，脖子上掛了一串沉香念珠，光澤澄亮。這個和尚不是別人，正是那日在廟門口放告示牌時瞥見小妹的那人。他原本年紀就不大，和張強一般，也是三十出頭，出家不久，也是凡心未泯的樣子。再加上不是本島人，就被安派負責看管山門，收收包裹，貼貼告示。自從那日見了小妹，他就格外留心這個塌鼻子杏仁眼的女人，發現她總是誠惶誠恐地在山門前來回走動。原本以為她形跡可疑，心懷叵測。可幾日下來，就從她神情舉止裡看出幾分羞澀和不安，便猜到是拜佛卜卦無門。今日見了，細細看來，五官端正，眉宇間也不像是南洋島民，一經詢問，才知道她和自己一樣，也是從中國漳州來的。他鄉遇故人，這故不是那故，雖然素未謀面，也算是同出一方了。於是兩人都鬆了一口氣，閒話家常，先談了談何時來此，親人為何沒有同來，為何獨居他鄉。又聊了聊島國的近來的旱情，再講了講各自在這裡有哪些習慣與不習慣的地方，漸漸的兩邊放下了戒心。

小妹這才開口詢問，廟裡既然已經不受香火，不知道還能否求籤問卜？和尚會意，既然是故人也不含糊，壓低了嗓音開門見山把這龍牙寺的來龍去脈說得清清楚楚。一說這佛牙寺是新寺，雖然一樓有正殿，二樓有藏經閣，三樓供了釋迦摩尼牙齒的舍利，四樓有僧伽的住宿，可畢竟是二〇〇七年才建成，新菩薩怕不靈驗。二說，雖然自二〇〇二年破土動工，從地窖修到塔頂，每修一層便要請十方眾僧前來持誦，還要請星洲一代法師方丈前來賜福，可畢竟這廟址是牛車水以前的「蕃寨尾」，建國前曾是異國妓女雲集的一片孽海花島，老鴇恩客皮條三教九流比比皆是，也不知這些風月濁氣在這幾年內是化得開還是化不開。三說，方丈為了確保殿內清淨，最不喜搖籤擲筊的聲響，吵得人六根不清淨，所以正殿裡是不允許求籤的，要求籤的善男信女都上四馬路的觀音廟去了。

小妹聽了暗忖，怪不得找了兩個袒胸露懷的力士來把門，嚇不到那些狐媚子妖精，反而勾得我面犯桃花，原來地方就沒選好。可一想到不能在此處求籤，便有些灰心，莫非真的要大老遠地跑到四馬路去？和尚上下打量了一下小妹，看她豐唇微抿，衣衫輕薄，頸項上柔美的曲線順著斜肩滑下兩隻酥臂。又想起那日見她看著門口兩個力士出神，一驚一乍的樣子，甚是好笑，就又接著對著她說：「如果你誠心要求籤，我可以帶你上樓。二樓上一個側殿裡供了一尊白臉的六臂如意輪菩薩，筊杯、籤筒、籤文都有，可是只能求不能解。籤文自己拿了去，有慧根的自己琢磨，無慧根的參不透也只得認命。」小妹聽了連聲道謝，和尚轉身移步，小妹不經意間注意到他那扁平的後腦勺，猛地想起了誰。

小妹跟和尚來到樓上，更為清淨，四下無人，入了側殿眼前果然一尊人身等大的白面六臂如意輪觀音像，左腿盤曲，右腿垂蹬於白蓮寶座之上，是典型的半跏如意轉輪王坐姿，儀態閒適而不失莊重。第一手思惟手印，第二手持意寶，第三手持念珠，第四手輕壓須彌山，第五手持蓮花，第六手持法輪。千變萬化，無以復加。小妹一面在蒲團前輕輕跪下，一面端詳觀音面相，只見她鳳目低垂，眉間白毫上鑲有寶石，雲冠高盤，兩道柳眉隨鼻梁垂直而下，柔韌的嘴唇，略方的下巴，長耳鑲環，後有圓光，是一副圓融澄淨的盛唐觀音像。觀音粉白面龐靛青頭髮，身著赤金妙服，繁墜五彩瓔珞，不但白蓮寶座被四隻碧翼金身的翔鳳托起，身後更有寶雲靈光，流光溢彩，璀璨奪目。好一個光彩照人的菩薩，和自己在別的廟裡看見的那些因為年久失修或者香火旺盛被熏得黯然的塑像比起來，這一尊觀音新得反而有些不真切不實在起來。小妹看得出神，和尚拿來了筊杯和籤筒，遞予小妹，用眼神暗示她可以問卜，便安靜地站到了牆邊。

小妹跪在案前的蒲團上，摒去雜念。回憶著阿嬤當年在漳州教她求神問卜的方式，卻又覺得有太多的繁複的儀式和程序，都不怎麼記得起來。在這個年代，其實被遺忘的又何曾只是意識呢？小妹跪在案前，過了良久，才有些思緒，便極盡記憶之所能，一本正經地問卜。

然而，一開始擲筊就不大順遂，扔了三次都是兩個凸面的陰杯，她便不確定菩薩的元神在不在案前，轉過去看看和尚，他微微抬頭，示意她再問一次，這才擲了個一平一凸的聖杯。於是，自報家名，說明來意，一問張強下落，二求水仙花開。小妹凝神入定，恍如重回漳州祖廟，佛香繚繞，她雙手抱起籤筒，輕輕搖動，唰唰聲響，如同阿嬤正在老厝廚房中洗刷竹箸。一籤落地，擲地無聲，而唯有心感神應，才微起眼簾，看見地毯上正好有一根籤。將其拾起，面朝佛像，放於案上，又三擲筊杯，均獲聖杯，便知曉非此籤不可，忙叩謝了菩薩，交與和尚取來籤文，展開一看，是甲寅第二籤，籤詩有云：

於今此景正當時，看看欲吐百花魁。
若能遇得春色到，一灑清吉脫塵埃。

小妹拿著籤條左看右看，讀不出個所以然，就要讓和尚幫忙解籤，和尚卻搖頭直說不可，他自己也是個不怎麼識字的。小妹正要質問他不識字怎麼念經當和尚，可轉念一想，畢竟受他恩惠，就只好改口道謝。又看了看籤詩，思忖了片刻，看到「百花」、「春色」、「脫塵埃」幾個字，就覺得說得是好的。可如今四月不雨，草木都枯死了，哪裡有春色可以遇？便又覺得不祥。思來想去，得不到個答案，和尚又說自己還在值班，不能在側殿久留。於是小妹再三謝了和尚，就往家去了。臨走時，還念念不忘地多看了那兩個力士幾眼。

6.

累了一天，已是夤夜，天上的赤月都要快滿了，可還是熱得人心裡發慌。床下的水仙早已經移到牆角背陰處，小妹仔細地看了看那些新生的花菖，已經有了蟹爪的形態，看來是沒有問題了，不到一個星期就一定能開花。小妹看著水仙，又轉過頭來看看床頭上放的那張籤條，越看越覺得踏實，她篤定張強會在年夜前回來，而水仙也會盛開，於是就枕著這兩個夢，漸入安眠。

也不知睡了幾時，迷糊之中有個熟悉的聲音隔著夜色溫柔的喚她起來。小妹睜開眼睛，從床上坐起來，要去開床頭燈卻找不到開關。只覺得外面的月色晶瑩剔透，一直瀉進裡屋來。還是那蟲鳴，還是那微風，光影綽綽中勾勒出一個男人的身型。開始只是個輪廓，臉在暗處，看不真切。漸漸的眼睛適應了黑暗，不是別人，正是張強！小妹心中大喜，想要起身過去，卻覺得腳下沒力站不起來。

再一看，張強手裡抱著一盆她的水仙，對著她含情脈脈地笑。那盆水仙已經全然綻放，花事繁盛，金盞銀臺，娉婷秀拔，暗香浮動，幾團翠色拖出幾朵雪浪。睡前還只是花苞，如今怎麼就開了？小妹看著那盆水仙，又見張強回來，滿心歡喜，可又一想到這一個月來她是如何為他煩心，他又是為何棄她不顧，就悲從中來，哽咽著問道：

「你去哪兒了？」

張強還是癡笑，還是那稚氣未脫的臉，可因為無邪反而有些無賴，說：「我哪兒也沒去。」

「那為什麼不見你這麼多天？誰都找不到！你幹嘛又要折騰我那些花兒，抱在懷裡，跌碎了怎麼辦？我怎麼就這麼沒福氣，偏偏喜歡上你這個無賴！」

「你沒有福氣，可是我有啊！我把我的福氣都給你，怎麼樣？」

小妹聽了噗哧一笑：「怎麼給？」

「你不是常說後腦勺扁平的人沒福氣，福氣填滿了，才圓起來。你過來摸摸我後腦勺是圓的還是扁的？若是圓的，我以後日日給你摸，把福氣都摸到你那裡？」

張強走到床前，蹲下來，把水仙放在膝蓋上：「來，摸一摸。」

小妹知道他的性格，這是拐著彎在向小妹討饒賠不是，就勉強地舉起一隻手來，朝他的後腦勺摸去。開始還覺得是修剪得極短的髮樁，可漸漸覺得有什麼濕漉漉黏糊糊的東西滾下來，指尖微微一用力，手指就摳到裡面去了。呀，這還是後腦勺嘛，怎麼就跟稀泥一樣！小妹抽回手來，再一看，滿手都是血，暗紅暗紅的，還有一些膠質狀的東西。想要叫，喊不出聲來，再看看眼前這個男人的臉，哪裡像是個活人的臉？嘴唇烏黑，面無血色，眼珠子裡只有眼黑沒有眼白，張著嘴巴，又要說話：

「小妹，你說我是有福氣還是沒福氣呢？」

小妹驚叫一聲，從床上坐起來，順手開了床頭燈，哪裡有張強，這才猜到是夢。她看看床頭那張籤條，覺得不乾不淨的，定是沾了邪祟，抓起來就撕了，扔到屋外。回到房裡，燈全都打開。不開還好，開了燈一個趔趄，嚇得她腿都軟了。牆角那兩盆睡前都還是好好的水仙，花莒全都枯死了，盛在兩盆血水裡。

7.

那一年，整個島國的年夜就在旱季中度過了，沒有人在餐廳吃年夜飯，也沒有人買花，很久之後，雨水還是沒有來。

小妹在那夜之後，很快地搬出了永發街，大概是搬到了島國其他的角落去了，畢竟漳州她是不會回去了的。而張強也一直沒有在小妹的生活裡再次出現，有時候她會突然忘記自己曾經愛過這個男人，有時候她也不會記得自己雕刻水仙花的手藝。因為一些特殊的原因，金殿路的建築工地被勒令停工。

不管雨水會不會來，也不管這些事會不會繼續發生，過了年，人就有了新的盼頭，很多這些對於過去的不解，都會在一些不太實在的期望裡被遺忘，只有那個和尚還一直念念不忘小妹。

他相信佛牙寺的香火有一天會再旺起來，而二樓側殿裡的那尊白面六臂如意輪觀音會繼續給像他們這樣的人帶來永無止境的希望和祝福。

3 遠方的來函

薇薇考入了大學之後就和樓下剪頭髮的小妹疏遠開來。若是從前走過大牌七十三號的騎樓，她還會和小妹寒暄幾句，但自從她發現小妹和一個中國勞工愈發親近，就索性連照面都不打了。她原本只覺她是個本分的中國女人，和自己一般，在絕國異域裡討生活，再加上又是鄰里，所以就有些惺惺惜惺惺的同情。可這也僅是薇薇一廂情願的想像罷了，誰看不出來薇薇和小妹根本就是兩個世界裡走出來的人，天上地下的區別，她們之間的情誼本就細如游絲。薇薇在大學修讀文學，故事看得多了，瞧人也就多了幾個心眼。如今，她見小妹通身的土氣，便不想和這般的人往來，就把昔日的姊妹之情斷了。

薇薇在中國的家境不錯，錢的事情她半點沒有愁過，於是便沾惹些富家女的習性。剛進大學時，薇薇聽人說大學躺著也能畢業，於是她還真躺著了。第一個學期幾乎沒有去聽過一節課，都在永發街上這間租來的公寓裡消磨時間。公寓在三樓，除了承重牆和臥室的隔牆，其他的都給打掉了。從臨街的陽臺到屋後的螺旋樓梯都是敞亮敞亮的。薇薇喜歡這光亮，於是便將整間屋子都租了下來，日日在自己的小天地裡逍遙。等到期末的成績單下來，她一看ＧＰＡ才三·〇，這樣可是連畢業都會成問題的，方才用起功來。

憑著自己的小聰明，成績很快就好起來。她不但有小聰明，也誠然有幾分才氣，而可惜這才氣一不大，二沒落到實處。可薇薇知道家裡有錢，不比其他勤工儉學或靠獎學金過日子的同學，於是她舉手投足間多少流露出一點「自命不凡」和「與眾不同」。而這小聰明，這惱人的清高，都把薇薇和身邊的人隔離起來。

……我時常想起你。每次當我把新買的菸都裝進你送的那個銀絲菸盒時，我很真切地想起你，我會妥善地保管那些回憶。能在離開前的幾個月遇見你，我很幸運……如今我最大的願望就是希望能夠在首爾與你重逢……

＊

薇薇那日去研究生的辦公室借東西，見一個女學生眉目清臞姣好，穿著打扮頗為體面的女學生坐在那裡。這女學生她是見過的，可薇薇素來不喜歡她。只因薇薇覺得同系的人論家境長相都不及她，如今看見個長相跟品味都比自己有過之而無不及的人，自然就警覺起來。

平日裡，薇薇從不在研究室久留，可今日心情甚好，借了東西後便和其他幾個關係還算過得去的同學說笑起來。女學生手頭有篇論文趕著寫不完，心裡正急，又見薇薇一直說說笑笑賴著不走，惱人得很，方放下手中的論文，故作嬌聲問道：「所以，你是臺灣還是香港來的？」女學生斜睨著身邊的薇薇。

薇薇正和別人聊在興頭上，哪裡猜得到這話裡藏刀，想也沒想地回道：「不是，我是中國來的。」

「那你講話為什麼有香港臺灣腔？」

薇薇一愣，這才覺察來者不善：「哦，可能是因為在這裡待久了的關係吧。」

「可我先生也在這裡很久了呀，也沒見他說話這樣陰陽怪氣的。」女學生趁勝追擊，「所以，這口音是你裝的咯？」

薇薇來島上住了七八年，還從未被一個中國人這般地挖苦，臉上難免露出幾絲難堪和慍怒，眼睛向上一瞟，恰要巧言回擊，卻又猛然想起他彷彿在信裡說過的話：

請不要再說你是自私且刻薄的人，這些無非是負氣的話。別人說你什麼，你萬萬不可信。你對我的體恤和照顧，數月來我心證意證，只是每每想要啟齒誇你時卻總又赧然。薇薇，你對我是獨一無二的。我們在一起，我看見你的心，是好的……

薇薇不屑於和女學生計較，走出研究室後，她直接去找了女學生的導師。她在教授面前將女學生的不是都添油加醋地數落了一番，薇薇很確信教授會讓女學生難堪，她因此得意得飄飄然起來。

*

每日回家，薇薇做的第一件事便是去查看信箱。鐵皮的信箱釘在刷白的水泥牆上，風吹日曬後也有些鏽跡斑斑。箱上有個小方格，裡面草草地塞入一張字條，上面寫著薇薇的門牌號，便算是物有所歸。薇薇習慣將信箱的鑰匙放在進門右邊矮櫃上的小托盤裡。她一放下手提包便立馬拿鑰匙。鑰匙插入鐵皮信箱的鎖孔，發出金屬間碰撞和摩擦的獨特聲響，也是有得失的。鐵皮盒裡有信沒信，薇薇單憑那聲音虛實便可知曉。

偶爾，她會在信箱裡收穫一些傳單或廣告，至於他的信卻從未收到過一封。他走時曾答應會寫信的！薇薇有時一日會來翻看信箱幾次，若聽到郵差投信的聲響，便會立馬跑來，而次次都是失望。

晚上，薇薇下樓去買晚餐。走過騎樓的時候，她遠遠地又看見小妹和那個中國的勞工在街角的粥店吃粥。她心裡暗忖：「憑什麼？就連這樣的一個女人都可以……」看到這樣的情景讓她心裡很不是滋味，她不知不覺地微微低下頭，把整張臉都埋在騎樓下白熾燈的光影中。可也只是那麼一剎那，便大步地向熟食中心走去。

*

三〇年代民國南洋，改良信託局在此地平底起樓，戰前戰後分兩批，可依舊是圓轉角陽臺、螺旋後花園樓梯和白牆壁。雖然是英殖民時期的機構，可也算是在島國做了好事。再說從規劃到動土，最後大都是島國人自己一手操辦。再過二十年，待到把寮屋棚戶裡挑扁擔的小販一律在這新修的三層巴剎裡家家安頓妥當，這民間的飲食男女才得到一個華麗轉身，嘗到現代的滋味。

自那時起，這間間鋪面都是私家營生，人人一張好吃嘴，小成本也能做成大生意。每間鋪面都靠家人執事，肥水不流外人田，這是老祖宗留下來的財富經，大爸三叔掌勺切菜，二妹五嫂就跑堂點菜。店前的長龍不斷，一個早上忙完，下午兩點就收攤，後來的就只能悻悻而歸，可第二天也照舊來排，你情我願。店主拉上捲簾門，換一身乾淨衣服，上了巴剎三樓的停車場，卻不曾料到是架自家的Mercedes-Benz，開出去，也是此時言笑得人意，照樣在人前光鮮漂亮。

薇薇愛吃福建炒麵，獨愛巴剎裡搭電動手扶梯上二樓左拐的第一家。掌勺的大叔生得憨厚，一副心寬體胖的模樣，總穿一件破爛瓦藍汗衫，高大卻駝背，真真像隻熊。這福建麵，不是小碗煮炒，精工細作，卻是一口一米多寬的大鍋，一批批地出爐。他倒也不害羞，鋪面上立半道玻璃牆，當著你的面又炒又作，讓你排著等著流口水。一把鏟子一把勺，左右開弓，不單單是這兩臂，從肩膀到腰背都搖頭晃腦地使上了勁兒。唦唦頓、唦唦頓，黃麵和米粉裹了蒜、雞蛋、醬油、豆芽、蝦、魷魚和高湯，有節奏地翻轉，想要翻江倒海非是要他這般體型的大漢不可。

薇薇端著剛剛燜好的麵，找到一張頭上有電扇的桌子，才剛要嘗那翠色盤緣上的三峇辣椒和酸橙，就有一個水蛇腰頭挽鬆髻的婦人笑盈盈地向薇薇迎來。婦人一閃，就在薇薇面前坐下，眼如彎月，白牙森森，像隻貓。還不等薇薇回過神來，她就熟絡地直呼其名：「喲，這不是薇薇嘛。怎麼這麼巧！一個人吃飯呢？」一口京片子，說起話來打滾的溜。

薇薇心裡一怔，料想不到竟是熟人，再看她身上那件茶色繡扶桑的薄紗，才想起這不是半年前回中國去的蘭姐嘛。以前蘭姐就住薇薇對門，在一家五星級酒店做客房服務。靠著自己有幾分姿色，很不甘心虎落平陽。不知後來怎麼找對了門路，做起了別的工作。蘭姐最喜娘惹裝，也不分場合，常常穿兩件套緊身娘惹可巴雅配紗籠筒裙，腳下一雙珠繡鞋。可偏偏是北方女人的骨架，大臉盤，山河浩蕩，怎麼裝也不像是南洋刺繡的花葉相望。

雖然眼前這女人的神態仍是蘭姐的神態，可薇薇著實不認識這張臉了，眼睛鼻子不說，臉型都變了。薇薇轉念一想，那年《小娘惹》一炮走後，蘭姐不但追劇，也追歐萱，恨不得自己就是那苦命的山本月娘。她整日穿可巴雅操一口京片子在騎樓走來走去，招蜂引蝶，大家都見怪不怪。如今看她這張臉，還真和歐萱有點神似，想到這裡，薇薇就已心知肚明。

蘭姐好是爽快，也不遮掩，仰起脖子對薇薇說：「怎麼樣，不錯吧。韓國醫生會診，親手做的，我可是花了十幾萬，血汗錢。」「血汗」兩個字上，她故意加重了些，咯咯地笑。

薇薇也抿嘴笑，她知道她的意思，也猜得出這錢的來路，可偏要調侃她：「蘭姐好漂亮，我還以為是歐萱呢。今天怎麼中午就起來了？昨晚沒上班呢？還是在天安門看上了個山本洋介？」

「要死，看我不收拾妳！」說完便要來掐，薇薇忙討饒，這樣的姊妹情。兩人各自端一盤福建炒麵，邊吃邊敘舊。薇薇這才知道，天安門夜總會近來生意越來越紅火，可移民廳的歌星證卡得越來越緊，小姐供不應求。如今蘭姐已經是天安門裡呼風喚雨的媽咪，她手裡正缺少幾個能撐得起檯面的小姐，今天遇見薇薇，想怎麼把她給忘了？就要來試試運氣，看能不能收了她。

薇薇一個家道殷實的獨生女，怎麼會去做這種勾當。一聽蘭姐提起，立馬回絕。她倒也不驚奇，意料之中，於是口氣更加和緩，幾乎是在求：

「薇薇啊，你要幫幫我啊。一般人我是不會跟她提的，妳是才女，聰明又漂亮，妳來了一定是我手下的一枝花，沒有一個比得上的。我是借一個老顧客的錢去整容，如果在天安門撈不回來，我就別想再來新加坡混了，我的命就靠妳了。再說，妳不用出街，只在店裡陪客人喝酒唱歌，有什麼事喊一聲我就來。一個晚上下來，客人給妳掛花買酒，最少幾百多則上千，妳經濟獨立了，對妳父母也是個交代呀。再說現在都是什麼時代了，年輕人就要敢作敢為，哪裡有那麼多忌諱？我上個月去韓國和日本的場子，妳看人家不也都是大學生，來新加坡做援助交際的那麼多，那叫自食其力，對吧？」

蘭姐一席話，說得頭頭是道，薇薇一時也找不出話來回，只有吃麵。蘭姐的眼光斜睨過去，就那麼一眼，就知道這事兒十有八九是成了。欲擒故縱，這是場子裡學來的伎倆，蘭姐趕忙說道：「薇薇呀，妳不用現在回答我。妳回去好好想一想，蘭姐這裡一直給妳留個上座。」說完便又蹬她珠繡鞋，扭著水蛇腰，啪嗒啪嗒地走開了，頭上的鬆髻一蹦一蹦的。

薇薇坐在那裡，一碗小份的福建麵，卻怎麼都吃不完。

*

……回來首爾很好，我如今在樂團演奏，是以前YSTCM裡的教授給我介紹的。我打算暫時在這裡待一年，然後去德國漢堡繼續學習大提琴。申請的結果已經下來，我知道你是為我高興的，對嗎？……近來的演出都很成功，只是仍會時常念起你。想起那時，不管是在維多利亞劇院還是在「榴槤殼」演出後，你總在後臺入口等我……

關於薇薇的那麼一點流言，還不是從與她口角的女學生那裡傳來。那日女學生恰好要回宿舍，走過商學院的時候，正好看見薇薇在院門口等車。她正納悶就見一輛銀色的賓利來接。薇薇進了車門，啪地一個響亮的關門，車就開走了，身後一片羡慕的目光。女學生自此就多了個心眼，總是格外留意薇薇的舉動，便發現她每日都有豪車來接，可從不在本系樓下等車，偏要走到老遠的商學院來避嫌。無風不起浪，這事傳到薇薇的耳朵裡，剛開始時還有些不知所措，轉念一想，她如今已儼然是另一個世界的人了，大排場多少都見過，便也不屑於和象牙塔裡的人較勁。經此一番，她終認為自己是走出了那做學生的天地。

薇薇並非是這一帶唯一的小姐，蘭姐也並非是唯一的媽咪。只是這街區從十九世紀中葉的新塚，等了將近一個世紀，又成了南洋民國世界僑商藏嬌的「溫柔鄉」。一看這一帶的路名就知道這街區不是普通的來頭。薇薇平日從家裡走去歐南路上的天安門上班，順著成保巷一路，將右手邊的小街一一數來，便會記起新加坡人物志中的名字：僑領陳成寶的成保巷、船商薛永發的永發街、儒商許行雲的行雲路，錫礦主林烈的林烈道……如此拼湊起來，也就是當年繁華的南洋。時至今日，這煙柳繁華的風氣延續不斷，倒是讓薇薇和蘭姐這幫外來人才給續上了。

成保路口有個遛鳥的小廣場，是薇薇上班的必經之地，可總有幾個無所事事的老頭，坐在那裡等紅妝。見到花枝招展的女人便要吹起口哨來輕薄，仗著自己有鳥籠，也不知是逗鳥還是逗人。薇薇最是不喜，便向來是素顏學生裝扮走過，進了天安門才換裝。因為衣裝不上檔次，有幾次竟被看門的當作是清潔工，讓她哭笑不得。

當年上海有百樂門，當今南洋就有天安門，也是霓虹的舞廳標誌，也是佳麗雲集的浮華，只是時間裡打了一個盹，醒來，風塵依舊。場子上的蘭姐，穿繡扶桑的寶藍娘惹可巴雅配彩蝶珠繡鞋，手裡的小姐都是一律霜色吊帶真絲裙披銀狐坎肩，腳上一雙水晶玻璃鞋，竟也能扮得像是雪洞裡走出來的人兒。每次選上幾個帶到包廂，清一色地排開了給客人點鴛鴦譜。從川渝妹子到泰華，從滬港名媛到星洲俏佳人，這些脂粉英雄拼湊起來只怕也有半個華人世界。場子裡蘭姐可是能呼風喚雨的巾幗梟雄，雖說都是恩客相公，孽海中也要你情我願。但凡客人手腳對薇薇過於不乾淨，只要蘭姐出現，客人也得讓她三分。可做這一行的，雖說腳跨黑白兩道，可也無非是山中無老虎猴子稱霸王的風月戲場，畢竟有些東西是護不住的。

那日薇薇在包廂裡陪老顧客喝酒，已微有醉意，正拿著麥克風高歌〈為愛癡狂〉突然看見電視螢幕上突然跳出巨大的紅色字母：SOS，反覆閃爍。前後也就一秒鐘，便聽到門外有騷動，還沒有反應過來，又是一秒，薇薇頓時顏色大變，扔下麥克風就奪門而出。一開門，就看見正門電梯口有幾個男人在和蘭姐拉扯，就知道大事不妙。她也顧不了太多，轉身就向後門逃去，一路上眾姊妹從包廂魚貫而出，驚鴻遍野。五吋的高跟鞋彷彿就是那雙紅舞鞋，著了魔，飛一般地把她往下拽。五層樓的樓梯，她噌噌噌地往下竄。身後雖有驚呼和吼叫，可此時亦不過是風聲過耳。薇薇眼裡只有一樓那扇門，昏暗樓道裡緊急出口牌發出熒熒綠光，走過去就得道升天，可如果跑不過去，她就完了。

站在天安門後門的停車場上，薇薇扶著一輛瑪莎拉蒂漸漸緩過氣來，抬頭一看，才發現夜總會一樓正門口停了五輛警車。蘭姐曾對她提過警察突擊檢查的事，雖然一年也就一兩次，遇上了就要比誰的腳程快了。只要能跑得出一樓的那扇門就能倖免於難，包廂裡的不用說，只能怪她老媽生她遲鈍反應慢，即使是在樓道裡被擒住了，也難逃其咎。蘭姐當時一副久經沙場的語氣，話裡帶著少有的鄭重其事，這才讓薇薇銘記在心。如今果真遇上了。從包廂到停車場，從五樓到一樓，薇薇感覺也就不過幾十秒的時間，卻好像是命懸一線的險象環生。

就在她為自己慶幸的同時，她怎麼也沒有注意到身後的灌木叢後，有一雙眼睛一直恨恨地瞅著她。

*

……我已經從漢堡遷至柏林，就住在十字山區。這裡的土耳其人很多，但是房租便宜，很多樂手朋友在這裡。已經入秋了，軍艦橋上喝酒的人卻不見少。這讓我想起克拉碼頭上我們共飲的時光。不過聽說新加坡政府已經明令禁止在戶外飲酒，好可惜，再也回不去了。我想柏林是一個適合藝術的城市，悠閒而有生意，我還記得你在學校圖書館看書的樣子，你可否願意來德國看我演出……

事後幾天薇薇都沒去天安門，一日午後在樓下收信的時候，看見對面的蘭姐，連忙叫住詢問。可只見她仍是那娘惹打扮，向雲的年紀，歐萱的臉，彷彿什麼都沒有發生過似的，說起那晚的事來仍是銀鈴般的笑，森森的白牙。

「不錯，薇薇，蘭姐沒有白教妳，前途無量。」蘭姐笑盈盈的，滿臉驕傲，彷彿真是自家有女初長成。「有幾個傻丫頭直接在包廂裡就被逮住了。還能怎麼樣，馬上拉黑，遣送回國。那些笨的，沒出息，虧我花精力把她們調教出來。」薇薇回想起那日她見蘭姐和便衣在門口拉扯的景象，再看她如今相安無事的樣子，就打心裡佩服這個女人，又有些怕，也不知她的後臺到底有多厲害，這樣的風浪都動不了她。

「妳先休息幾日，避避風頭，等我打聽清楚了再叫妳來上班。妳回來，依然是上座。」

說完就走了，只留下薇薇手裡握著信箱的鑰匙汗顏。回過神來，連忙去開信箱。剛一轉動鎖孔，一聽那鐵皮的聲響，她就心裡就一沉，來信了！是他？

*

到底是誰暗地裡使刀子誰也說不清楚。總之那日薇薇收到移民局的來信後，就知道自己這次是逃不掉了。薇薇臨走前一個星期，永發街上好事者也都知道了她的故事。傳開來，鄰里之間雖然嘖嘖可惜，卻無非是茶餘飯後的談資。她來她去，都是過客，卻總算是給這個社區又添了那麼浮豔的一筆。蘭姐倒是夠意思，唯有她來送行，捧上一雙珠繡鞋，靛青底子上繡木槿彩蝶，說拿回去做個念想，安頓好了，再想法子回來，有大顧客等她。

薇薇接過鞋，又看看蘭姐那張不倫不類臉，頓時大笑起來。才笑了幾聲，眼淚湧上眼眶來，眼看就要哭，可又強行止住了。蘭姐迎上薇薇的眼神，心裡也是一緊，反倒有些怕了，她不清楚這幾聲大笑幾點淚光中是感激、羞恥還是仇恨。薇薇口頭上不住道謝，心裡著實覺得是自己作踐了自己。在那一刻她終於願意承認，一直以來她等待的無非僅為一張他還未被起草的來函罷了。

在這裡，到底有多少個薇薇，多少個蘭姐，抑或是小妹，誰也說不準。只聽說永發街上不久後又搬來個女學生，只聽說蘭姐又找了個才貌雙全的搖錢樹，而更多的人聽說新的故事還沒有開始。

4 棄子

兒子那天幾乎是什麼都沒有多說，就把孫子交給了她。

愫芬已經隻身一人在這裡住了很久。自從林先生死後，她就成了這樓裡唯一的寡婦。她日夜守著這間屋子，已守成習慣。原以為就會這樣老死，屍骨躺在地上，等隔壁的貓兒來舔。她怎麼也沒有想到自己竟然會憑空得到一個孫子，而這孫子還是要她時常照料的。要知道對於抱孫子的事，愫芬早就不指望了的。那日她從兒子手中接過這個黃口小兒，有些驚喜得不知所措。

這間屋子坐落在永發街的盡頭，不是粥店的這頭，而是那頭，對，就是靠成保路的那頭。房子位於一樓，正門打開來方是騎樓，跨出騎樓就是停車場，一棵雨樹，一棵黃盾柱木，倒像是兩根柱子，支撐愫芬的一片天。

愫芬每天起來第一件事就是來開門。她站在門口，頭上懸著一塊林先生在中國訂製的匾。那匾是烏木的，上面用墨綠色的漆刷了林先生去世前親筆題的字：**順囍齋**。愫芬花白齊耳短髮，好似當年民國世界的南洋畫報裡走出來的人兒。她微倚著門凝視自己種的那株已經長到二樓的九重葛。它已擠破了昂貴的彩陶花盆，根莖漫出來，扎進騎樓洋灰地外面的土裡。龜裂的花盆倒在牆邊，樹幹也斜了，靠著煞白的牆，扭著身姿依偎地立著，倒像是個女人。那身段，讓愫芬想起年輕時的自己。

愫芬在自家門前的騎樓前來回走一趟，聞一聞，確認昨夜沒有哪個黑心的鄰人又拉自家的狗兒在她的花盆邊拉屎撒尿。之後，她便一轉身向東北角的那扇窗口去了。愫芬個兒不高，而這棟樓越是向成保路方向延伸，一樓的天花板就愈發的挑高。到了愫芬家東北窗的位子，她是要踮起腳尖才勉強碰得到窗沿的。愫芬伸出手去將窗沿上放的那三個彩瓷的福祿壽人像重新擺了擺，便聽到裡面的房裡的小孫子用英文叫道：「Amah, where are you?」

林先生和愫芬在高中的時候就同班，兩人都讀文科。都幾十年前的事了，愫芬如今回想起來心中仍有幾絲溫存。以前學校的校紀主任是很嚴格的，特別是在華校，兩人交往總須偷偷摸摸，猶如寶黛兩人在桃樹下讀西廂，生怕別人知道。可那麼好的學校，是整個島上碩果僅存的幾間之一，同學們都是聰慧的明眼人，哪能不曉得林先生和愫芬的關係？再加上兩人又都是學校華社的中流砥柱。林先生當書法社社長，愫芬是文學雜誌總編輯。書法社和文學社是學校的兩個大社團，又共用一個社團辦公室，兩人便更有理由天天如膠似漆地黏在一起。

「愫芬，你畢業以後想幹什麼？」林先生穿著淺棕色的校服，短袖襯衫和長褲都熨得筆挺。

「其實我也沒有想清楚。或許會去當記者。大報社的記者，比如《星洲》。你呢？」愫芬和林先生坐在學校鐘樓前的臺階上，看著武吉知馬路上的那些高大的雨樹——那些在島國充沛的雨水滋潤下肆意生長的生命之樹——將它們的樹冠瀟灑地撐開來。好像青山，延綿不絕。

「我想……去中國，搞革命！」

「搞你個頭！沒正經！」愫芬知道他是說笑的：「小心別人說你是共產黨，把你抓起來！」

「共產黨有什麼不好？很進步的嘛。張老師不也是……」聽到愫芬說共產黨的不好，林先生突然變得嚴肅起來。

「張老師是臺山來的，出了事，他是可以回去的。那你也是不是要跟著他『回』中國？我們是這裡生的！和他們不一樣！」愫芬話說得急，發覺自己有些失禮，便停下來，緩和了語氣，低聲又道：「幾年前馬共的事情你是知道的……」

愫芬不喜歡談政治，從前年輕的時候就不喜歡，後來老了她更不愛。林先生還是學生的時候就時常被教歷史的張老師誇獎「很有政治覺悟」。可愫芬聽到這些誇林先生的話，只覺得惱怒，她暗忖：「覺悟是個什麼東西，我看是不識時務吧！」她怕，還是學生的她就怕這個「覺悟」。那兩個字裡，有大真諦也有大破壞。愫芬只求人生的安穩，沒有那麼浮豔的一筆，便就不失人生的持重。

那年，政府要強制徵兵，要求所有的男生畢業後都入伍服役。林先生就和其他幾間華校的領頭人一起搞中學聯，搞罷課，反殖反政府。說國民服役法令是招收為英國殖民者打天下的兵，他們不要當。愫芬不懂政治，她也拒絕參與，她只想有個地方好好讀書，好好寫文章。可那時她坐在林先生身邊，這些心頭話她怎麼也說不出。她向學校開闊的操場後面那些高大的雨樹樹冠看去，一直看到漫天的霞霓都將那些綠葉都染紅了，滿目的紅。這紅顯得那麼腥，她怕哪天一不小心就滲到她心裡來，然後又有哪天會緩緩地滴出去。

歷歷天數，她唯有心裡恐懼，言語欠明白。

愫芬急急忙忙地走回屋裡。孫子劈頭就問：「Amah, where is papa?」

「Aiyo~不是跟你說過了嘛？Papa is in America.」

「Papa又在America做什麼？」

「Papa在America……做工啦！爸爸要做工，才能給Gerald買toy，送Gerald去school。」愫芬一面應著Gerald，一面走進客廳在雕花五開光弦紋坐墩上坐下來。她手枕著紅木嵌貝大理石圓桌案，翻開早報的副刊，慢慢地閱讀。她手腕上那只滿翠的鐲子，比她身後高束腰香几上的那盆文竹都還要顯得可人。

愫芬一邊讀著這一個一個的鉛字，一邊等著Gerald提出更多關於他父親的問題。可是問題遲遲不來。她於是轉過頭去看著剛升小二的孫子坐在眼前的大理石地板上，低頭玩著湯瑪斯火車頭。她也不清楚孫子是否真能聽懂她的話。Gerald的中文還不是很好，而她的英文也只是馬馬虎虎，他們的溝通總是在半吊子的中西夾雜的語言中進行著。可她只覺得這孩子很有靈性，事情不用都跟他說盡，他似乎也能明白個七八成。Gerald跟愫芬在一起住都這麼久，溝通從來都不是問題。Gerald在擺弄著手中玩具的間隙，有時會抬頭從東北口的那扇窗裡望出去，愣愣地望著窗外。愫芬拾起報來假裝讀報，可她用餘光瞥見Gerald的一舉一動，心裡難免有些酸楚。

想到兒子把Gerald接到家來的那天，他就已經六歲了。兒子是室內設計師，時常為了工作而新美兩地飛來飛去，坐飛機就跟搭計程車似的頻繁。雖然兒子在事業上，愫芬和林先生向來沒有操心過，可感情上的事，一直是二老心中放不下的一塊石頭。直到林先生走的那年，兒子也從來沒有帶回一個心怡的對象來。而那天，兒子竟然就那麼突兀地出現在她門口，牽著Gerald站在她門口說：「快！Gerald。叫Amah。」

身後的九重葛爆出滿枝的紫紅色花朵。

愫芬想到這裡，不禁莞爾，又輕輕地搖搖頭。生活是多麼的荒謬。她放下手中的報紙，走到門口，依著門框看著屋外。她遠遠地又看見右邊三樓那個金髮的法國男人在陽臺上吸菸。愫芬常常站在這裡向門外望著，而那金髮的男人也常常站在那陽臺上抽菸。兩家都種了九重葛，可愫芬家的花開得正好，而男人家的花都枯死了。有時，兩人四目相對，便都點頭笑笑，然後各自又將目光挪開，望向遠方。單憑這一眼，愫芬就知道那也是個生活裡有故事的人，她甚至有時感覺自己和這法國男人，雖然不如她和街那頭粥店對面的陳先生有老鄰居之間的默契，但也有一股惺惺惜惺惺的敬重。

可是那男人抽菸的姿勢，總是讓愫芬想到林先生。

中學聯對國民服役的抗爭，最後還是失敗了。為了不讓愫芬擔心，林先生背著愫芬又偷偷地和工人們聯合起來搞工潮，還支持巴士公司的大罷工，這件事鬧出了很大的亂子。林先生在暴動中受了傷，好在沒有被鎮暴的Mata捉住。那天很多學生都去支持罷工，先跑回來通風報信的那人說遊行變成了暴動。學生還砸了房子，燒了車子，還打死了人。愫芬聽了，心裡一怔，就轉身把自己獨自關在社團辦公室裡。她一遍遍地翻看林先生的字，那些正楷、小篆和隸書都在她的手中瑟瑟發抖。

學潮、工潮、教育政策白皮書、教育法案……那幾年裡對於華校生的他們就沒有一天好日子。而外面愈是鬧得厲害，愫芬就愈是一心向學。她不是躲，因為在那樣的大時代裡，她無處藏身。她只感覺無助，一種被排除在外的既不屬於這裡也不屬於那裡的惘惘的惶恐，似乎有更大的破壞要懸臨而至。她既不像林先生那樣對中國和共產主義懷有那麼美好的憧憬，她也不對於在新政府教育政策下南洋華校生的未來抱有期望。外面有太多的無形的手腕在角力，她生怕自己要是一不小心就會失足跌落於政治的淵藪之中。文字是她唯一的一根救命稻草，她死死地拽著它，不離不棄。

而四月的紅風，颳了許久許久。

風平浪靜，這麼多年也就這麼過了，南洋依舊南洋。愫芬沒能當上記者，林先生也沒有去中國。愫芬在退休前是特選中學的華文老師，而林先生生前是公務員。林先生的工作是穩定的，只可惜後來他學會了抽菸，一天要抽整整一包。有時他精神好的時候，也會少抽一些。愫芬知道他的肺就是這樣壞掉的。林先生除了在週末的時候會幫助籌畫母校校友會的書法活動以外，其餘時間便是坐在中堂那張花梨木圈椅上吸菸，一根接著一根。

收音機裡偶爾傳來新謠的吟唱，歌聲裡有個少年郎問：「年少時候，誰沒有夢？」

愫芬心裡明白，她和林先生想抱孫子的夢，最終還是讓兒子的一個謊給圓了。愫芬看著孫子。他的眼睛、鼻梁、臉型、膚色，皆都不是兒子的，看久了卻又都像是兒子的。家裡祖上幾代的人都生得白皙，而這個孫子，他那天生小麥般的膚色，倘若是林先生看見了，定是不喜歡的。那麼黝黑的顏色是無法承載林先生絲毫對於北方大陸的想像的。而愫芬卻獨獨喜歡Gerald，她喜歡他扁平的鼻子和渾圓的臉，她喜歡他說華文時所帶有的厚重的奇怪腔調和那些不該出現的促音，她甚至喜歡他在學校華文課一直拿C，而又總是能不費吹灰之力地記住在巴剎裡那些小販所說的馬來話和印尼話。

兒子一個月回來兩三次，有時來看看Gerald又匆匆地走了，有時會在假期把Gerald接到美國去住。可大多時候，都是愫芬和Gerald兩人守著這間掛滿了中國字畫和擺滿了中國木質古典家具的屋子。這些東西是林先生留給愫芬的，她一輩子都捨不得。

「Gerald你每天陪著阿嬤，fun or no fun？」愫芬轉過頭來，看著屋裡還在玩玩具的孫子問道。

「Fun！」Gerald斬釘截鐵地回答。

愫芬聽了這話，甚覺欣慰，便又試探地問：「Singapore and America，哪個more fun？」

「Of course, America lah! 在America不用去school！」

「傻瓜，那是因為你papa每次都是在school holiday的時候才接你去America玩。Where got no school!」愫芬心想小孩子就是小孩子，她頓了頓，又問道：

「那……America那邊的人對你好嗎？」

「Papa對我很好。」Gerald放下手中的火車頭看著愫芬又說：「So is uncle.」愫芬聽了，便放心地笑著點點頭，又轉過身去望著門外。她看見一個遛狗的人從她家門前的騎樓下走過，她對著狗主人笑笑。那隻柯基犬卻在愫芬的九重葛彩瓷盆前停下來，左右嗅了一嗅，不走了。就在牠抬起右後腿的那一剎那，愫芬神情大變，她再也按捺不住喝斥一聲：

「滾！」

Gerald拾起滿地的火車玩具，迅速地躲到後院去了。

5 蟄伏

那隻老虎的尾巴上開出兩朵花來，殷紅的薔薇壓著心裡一份無從言喻的感情。這樣的花種，這樣的顏色，這樣綻放的姿態，免不了顯得有些媚俗。可花開在那裡，在費邊看來卻又有些符合時宜。只可惜，這花不是為費邊開的。和他一起在陽臺上栽的那些粉紅九重葛，已然凋謝。花枝上只剩幾片慵懶的綠葉，倒是還有些生氣。還記得剛來島國的時候，費邊看見這些他還叫不出名字的天堂鳥、蠍尾蕉和蜘蛛蘭，個個招搖嫵媚，欺他的身。

這些熱帶的植被沒有特定花期，一年四季不分輪次的凋謝和生長，那麼永恆的生命力，不會枯竭，反而誠然可畏。費邊日日看著這些極富異域風情的植物，心中不覺萌發起一種悸動。在熱帶，九重葛算是極易生長的花種，島國公路隔離帶上比比皆是。即使沒有多餘的呵護，這些花也能在每年幾個花期到來的時候盛開，無以復加。

可偏偏費邊家的那幾株都枯死了。

*

費邊和利昂是在巴黎認識的，如今算起來已有十年。那時的費邊還只是個修讀研究所的法律系窮學生。他在蒙帕納斯公墓東邊的一所公寓頂樓租了一間不到二十平方公尺大的小房間。在那棟典型巴黎中產的公寓樓裡，像那樣被安置在七樓閣層的小房間，總共有二十多個。數數有多少個這樣的閣樓間，就知道下面七層有多少殷實的人家。這些閣樓間本是舊時專為傭人準備的，後來便成為了像費邊這樣繳不起巴黎昂貴房租的窮學生的安樂鄉。

房間寬不到三米，遂顯得頗為狹長。雖然費邊在門背後安置了一個扇形的小淋浴房，可是入廁還是要到走廊上的公共衛生間去。倘若是夏天還好，那走廊在冬季可是極冷的。沒有暖氣，又是用舊時的木地板鋪成，人一踩過，整層樓都能聽得到。房間裡倒還好，反正也沒有什麼走動的空間。因為門背後裝了淋浴房，連房門也只能開到一半。

費邊每天就從這半開的門裡擠進擠出。貼著淋浴房的那堵牆是一排櫥櫃，上面有個水槽，下面藏著個小冰櫥，裡面放著幾瓶從老家奧爾良帶來的紅酒和母親醃製的薩拉米。貼著這邊這堵牆的是一張普魯士藍色的長沙發。從長的那邊拉開來，剛好一邊頂著牆，一邊頂著櫥櫃，勉強能擠下兩個人。這房裡便真的丁點多餘的空隙都沒有了。

天是藍的，城是灰的。小房間裡裝著兩人，年輕的生命點綴著最為單純的愛情，如同巴黎的名字一般讓人神往，只是時間經此一番而逝，永世不得再叫人舊日重遊。

再也沒有比這還高的樓房了，經濟的拮据卻讓他們獲得了全巴黎最美麗的風景。站在窗前，吃咖啡廳烘焙的新鮮可頌，喝自己壓煮的義大利特濃咖啡。他們時而面向窗內，時而面向窗外，似乎有說不完的話談不完的天。朝向裡面的時候，那是一個逼仄卻安然的所在。朝向外面的時候，遠處的艾菲爾鐵塔迸發出閃亮的銀色光芒。

一架老式收音機裡傳來琵雅芙的歌吟，迤邐而來，掛在耳畔，那永無止境的喉頭顫音，如被風扇的葉片截斷，一刀刀砍剎流年：

不，我無怨無悔

已付出所有代價，一掃而空，已然忘卻

我不在乎它的逝去，對於過去的記憶，我付之一炬

＊

說真的，我並不明確自己為何會邀請他來參加我和露絲的婚禮。請柬是親手送過去，那天沒有下雨，也無陽光，只記得浮雲成山，繾綣而過，高高地囤積，隆起，消散。他不在家，可在樓下的時候，我分明看到了陽臺上的那幾株九重葛，稀稀疏疏地上了一層淡淡的粉妝，可終究是倦怠的花姿，映著殘陽夕落的天光。

這光，照在五腳基的洋灰地上，又跳到當街的白牆上，照出牆上的拉毛。白牆有開口，是樓道，慢慢沿著逼仄的樓道走上去，這光就暗下去，回憶卻升起來。從巴黎相識的那段日子開始，便篤定自己會和他一直在一起……總是需要那樣不經世事的生命才能去憧憬那麼最徹底純粹的情感。如今想來，懂得滄桑，其實並非需要十年八年，能熬過那三年五年的光景，再遇上幾樁人事的丕變，便就多少都有些了悟。巴黎的時光注定短暫，因為父親身體每況愈下，母親星催返鄉，不回來是行不通的。畢竟沒有他們，我在巴黎連一個月都撐不過。

臨別時，他送我到盧森堡花園搭地鐵去機場。我拖著行李箱，走過盛夏的花園，恍若走進雷諾筆下斑駁的光影。姹紫嫣紅之中，整座花園裡充斥著一種靜謐的回響。最後的離別卻往往落在最明媚的陽光裡。還依稀記得，那天他穿白色的馬球衫和綠色齊膝短褲。雙臂因為陽光的曝曬呈現出小麥的紅棕色。他手臂上纖細的汗毛和頭上的軟髮都因為經過法國夏季陽光的漂洗而變成幾乎透明的金黃。它們在我的凝視下，散發出一種奪目且憂傷的光澤，這樣的光澤是我最為熟悉不過的。不管是我們沿著海德堡的內卡河在夕陽下騎單車，還是在布洛瓦的盧瓦爾河畔野炊，我總是從他的側面、半側面，甚至是從他的背影裡，看見過這樣的折光。那是我用來回憶他的方式和角度。

這些永恆的折光，以最輕柔且深刻的方式滲透記憶，他變得通透起來。我們面對彼此站在盧森堡花園東門前的綠地上。他看著我，試想是熾熱的目光，只是我不敢回望，遂低下頭去。時間突然被拉出很長的線條，拋向空中，混入游絲中被風拂走，天地清正，不落情緣。

「不要走，留下來吧。你在這裡很開心，難道不是嗎？為什麼又要回去？」

他的哀求，我無法答覆，心痛如絞，一聲聲數著它跳。一、二、三……那樣的律動營造出另一個時空，我躲到裡面去，全身而退，只求自保。

他送我入地鐵站，夏季的光陰都擱在外面。閘口前，兩人更無話可說，那樣的寂靜被人聲的嘈雜烘托出來，更讓人心悸。輕輕地擁抱，乍暖還寒，如此生澀尷尬，已然是陌路人了？我不敢再看他的碧眼，就轉身匆忙地跑入站。就在那兩三秒的時差後，轉身再尋他的身影，卻已不見，唯有人潮洶湧。

原來這一輩子再也不會知道分離時他的神情了。

地鐵駛向機場，我在心中叮嚀囑咐千萬不可忘記！不可忘記和他在一起度過的每一寸光陰。就算所有的回憶都將在日後的某一天突然離我遠去，不可追回，也不能將他遺忘。

如今想起那時心頭這子虛烏有的恐懼和自己那信誓旦旦的樣子，不禁覺得人事總是諷刺。當初是他求我留下，是我選擇離開，也是我害怕再也不能相見，而到頭來不思其反的人也是我。

世事難料，想不到才回新六個月，他就跟著搬來島國，在一家銀行找到了一個專職律師的職位，薪資比巴黎高很多。真真假假都隨他去了，只是雀躍別後重逢難能可貴。我們一起搬進了永發街大牌七十三號，也就眼前這人去樓空的房間了。

房間的牆都統統的重新刷白，分割陽臺和內室的那堵牆也給敲掉。充足的陽光和空氣毫無阻隔的在房間內外穿行。穿堂風徐緩地吹過，也不覺得空曠，只怪過去我們都沒有太多的空間。雨季潸然而至，將陽臺上的那三卷翠竹簾放下來阻擋飄落的驟雨，屋裡就還是安樂，儼然一戶堂堂正正的南洋人家。

曾經那懸而未決的激情，如同永夏的日影天光，把時間活生生地塑成一座像。陽光永遠充沛，空氣永遠濕潤。大海，沒有形狀，無與倫比。

偶爾兩個人躺在床上，同吸一支菸。夜的涼風從陽臺上吹進來，我看到天邊的星星全部落下去，為悖德的愛情而赧然，為倫理也為情長。

*

費邊時常立在房間盡頭的窗邊吸菸。那個冬天，當口裡的煙霧消散在巴黎的冷風中，煙幕後常常出現一個年輕的亞裔少年在公墓裡散步的身影。他的公寓和蒙帕納斯公墓隔著一條窄街，從七樓上望下去，公墓裡的一切都看得了然。

那少年總是獨自一人在黃昏出現，從愛德格．基內大道上的大門進入墓園，朝西走，轉身消失在碑林之中。須臾又鑽出來，朝東正對著費邊的公寓走來。他總是在相同的一塊墓碑前面停住。費邊不知道那是誰的墓，只遠遠望見那石墓上有很多花束和紅燭。可他不曾看見少年帶來什麼。不管墓中人是誰，他的愛慕者眾。

「不好意思，你會法文嗎？」

亞裔男子轉過身來，沒有任何驚訝的表情。他戴著黑色的寬邊低頂氈帽，黑色高領羊毛衫，黑色的長大衣和黑色的皮靴。全身上下的黑，卻反倒不像是來悼念的人，唯有把他蒼白的臉襯托得有些突兀。

「我就住在那棟樓裡，每天抽菸的時候都看見你，很好奇，就忍不住……」

「特意走過來問我是否會說法文？」男子透露出調侃的語氣。

費邊靦腆地笑：「來問你每天到這裡來看的人是誰？」

「她嗎？」男子轉過臉去，若有所思地看著墓碑。「一個過世的作家罷了。」

男子的口音奇特，費邊確認那是一張華裔面孔，但是卻絲毫沒有中國人的口音。事實上，費邊從來沒聽過這麼奇特的口音。法文沒有文法錯誤，但又總是在一些聲調上聽出極短促的斷音。他正要向他拋出更多的疑問，可男子卻面對著墓碑，搶先一步說：

「每天我來這裡，都看見對面那棟樓上抽菸的人。只是沒有想到你會在今天下來跟我說話。我叫利昂，你呢？」

費邊從側後方，瞥見男子嘴角的淺笑：「我叫費邊。我請你喝一杯咖啡吧。」

巴黎的黃昏極為綿長，天光和日影都被拉伸到極致。夕陽照在墓碑上面刻著的兩個英文字母——M．D，其他的什麼也沒有。這個墓裡躺著的女人，曾經擁有過一個來自中國北方的情人。而費邊的情人，來自海的南方。

*

我再次遇見露絲，是在一個畫展上。她一轉身看見我，兩人心中一怔，又立馬故作鎮靜瀟灑寒暄，卻也總掩蓋不住彼此殷殷的眸光。

時光像走馬燈，轉了一圈又轉回到以前，人物已然不同，可光影還是昔日的光影。想起兩人在初院時的日子，穿米白色的校服，在校園的雨樹下牽手，就有了一種偷吃禁果的負罪感。

島國的夏天從未間斷地自我複製，在人心。

起初只是在我下班之後，偶爾和她見面聚餐。後來變得愈發頻繁，我也愈晚歸家。一切發生得很突然，費邊對此毫無察覺。和露絲在一起，我感覺其實什麼都沒有改變，彷彿在巴黎的日子被她澄澄的目光逼入記憶的底層，打了包，封起來，不揭開，便當從未存在。可時光就算被人不斷地剪成了細小碎片，但只要耐心地把它們重新拼在一起，仍然可舊日重現。只是那時我忘了人事還有如此一條定律。

我眼前的這個女子，單純良善而安好。看著父親憔悴如槁木的身體，我作為家中的獨子，只能依著母親的意願儘快成立家庭。「沖一沖，說不定還有三五年的盼頭。」母親總是這樣囑咐。而我卻覺得悽楚好笑，一句話，讓我覺得似乎從未離開南洋，終究是個華人世界。

一手是費邊，一手是露絲。我對他們的愛，沉重，繁複，不可收斂，更無法向任何一方提及對方的存在。兩人之間，我要怎麼去選？有時甚至期望兩人能夠各適其適地去過他們自己的生活，莫非真的沒有遇見過我，反倒沒有了今天的無從選擇？

露絲是長老會基督徒，和她結婚是……神的旨意？一閃而過的念頭，無非是要找個冠冕堂皇的藉口，以避良心的不安。說出來，連自己都覺得荒唐好笑，最難騙的仍是自己。一輩子就是幾個彎，轉過來了，再怎麼說是錯誤的決定，自己也篤定是對的。如此一來，一些可哀的牽強也能葬送一寸可愛的年歲。

*

費邊穿著黑色的三件套西裝坐在教堂裡，像是參加一場喪葬。身邊的人，他素不相識，更沒有人知道他和新郎的關係，只當他們是公司裡的同事。他棕色的頭髮藍色的瞳仁和身邊的人是那麼的格格不入。

一個局外人，從一開始便是如此，以後也不會有什麼改變。

教堂裡沒有耶穌或者瑪利亞的神像。不比他奧爾良家鄉的天主教大教堂，法國中北部的小城，石子路。教堂裡一扇扇十五世紀的花窗，細述聖女貞德的故事，他曾一扇扇講給他聽。哥德式的柱拱撐起猶如穹窿的天頂棚，陽光從圓形的玫瑰窗射進來，正好投到中廊神壇前。兩人踩到這抹瑰麗的色流之中，宛若已入天國。

費邊轉眼再看當下，這裡的一切都是新的。窗戶、長凳、牆和天花板的顏色都折射出刺眼的光澤，甚至連跪凳都缺失。神的子民，以他們各自的方式同樣的虔誠著，可誰的虔誠又比誰更動人？

婚禮的過程，費邊絲毫沒有留意。他目不轉睛的看著利昂，新郎面容嬌好幸福。誓言擲地有聲，就如同他對他所承諾的一樣，只可惜信誓旦旦不思其反。費邊此時唯一能夠做的就是讓自己不去思考或回憶，他想要抓住現世不放，而現實能給予他的卻又少得可憐。

婚禮結束後，人群移步到一樓用餐。唯有他獨自一人長坐木凳，久久不能挪動。一股對於新教的怨恨，無來由地漠然而生，一種根深柢固的抗拒，如同落水人在掙扎。於他，當下的一切似乎都成為虛偽和墮落的化身，他甚至質疑這些教徒的信仰和虔誠。沒有儀式、雕塑、聖杯、乳香、唱詩班的宗教要叫人如何去崇敬？他們要如何證明自己對祂的虔誠？一個高高在上的靈魂。他又要如何證明他對她的愛？

身體微微地顫抖，他感到罪惡如同路西法的雙翼將他包圍。他有一股想要懺悔的衝動，想立刻回到法國，回到自己熟悉的奧爾良。他不但要向神父懺悔自己悖德的愛情，更要向神父控訴這異國邪惡的信仰。

不知道利昂是什麼時候出現在他面前的，他只好從無邊的狂想裡閃回現實中來。他慢慢站起來，看著面前這個新婚的男子，聽到他用英文說：

「謝謝你能來。」眼睛是同樣的黑色，只是沒有靈魂的光澤，他已經不再用法文與他交談。

他們握手，之後分開，好像什麼都沒有發生過。

*

幾個月後的某一天，費邊站在三樓的陽臺上抽菸，已然是個過去的人了。他用如同在巴黎閣樓間向下觀望的姿態，觀望永發街上熙來攘往的人群。這些亞裔人，一天二十四小時從未間斷地吃食。他無論怎樣也無法理解這樣強烈地永不間斷地如同動物般地進食的欲望，如同法國人之於愛情。

他不確定自己是否開始懷念家鄉了。

他從陽臺上向右方看去，街口的那間粥店從六點開門到晚上十一點關門，總是坐著人。那些食客駕著賓士、寶馬、保時捷甚至是法拉利來這裡，吃一種像是給絕食者強制餵食的流質食品。他看到騎樓下擺放的那一排桌子旁猩紅的雞蛋花和鮮紅的印章棕，都在陽光裡折射出熱帶植物繁盛樣子。他低頭看看自家陽臺上的九重葛，連一朵粉紅色的小花也吝嗇地不願盛開。他索性將菸蒂扔在花盆裡，遂又隨手點燃一根。

陽光為什麼總是璀璨明亮？身後又傳出那首老歌，只是如今喑啞得已經不成調子：

不，一切的一切

不，我無怨無悔

歌聲朦朧了熱帶分明的光影，他在虛幻的時光中，回到巴黎的小公寓，再次看到那個男子背後的老虎刺青，回憶起他初吻那刺青時的感覺。只此一番，那老虎的尾巴上突然開出兩朵薔薇來，花刺扎破薄唇。

他有些失望地抬起頭，深深地吸了一口菸，呼出去。

而在那即將消散的煙霧裡，他依稀看到遠處的巴黎鐵塔綻放出奪目的銀色光芒。

不管他是控訴還是懺悔，回憶還是忘記，悲傷如同瘟疫，終於在那一刻從漫長的蟄伏期中甦醒過來。

6 阿里與黃花

雨季一來，永發街的那棵二十多米高的黃盾柱木就不再開花了。

阿里從他三樓後面的陽臺上，遠遠地望著那棵樹，卻只能隱約見得有大片大片斑駁的黃色在不斷地剝落。那些原本如火焰般燃燒在寬廣樹冠之端的黃色小花，都如同雨點一樣，吧嗒吧嗒地滴落下來。落在車頂上或地上，濕濕軟軟的樣子。他清楚地聽見當十一月的雨水澆在這棵燃燒著橙黃火焰的盾柱木上時發出的嗞嗞的聲音。一天三四場的充沛雨水，好慷慨地落下來。而後，整條街都被染成黃色。

大概在去年九月的時候，阿里遇見那個女人。那個有著黑色齊耳短髮的中年華裔婦女，當時正籌畫著搬入這個社區。她拿著房屋仲介寫給她的地址，在阿里門前的騎樓下來來回回地走了好幾趟，仍然無法找到仲介經理寫給她的那個門牌號。這時，阿里正好從三樓下來，他在打開鐵門的時候聽見一個女人柔軟的聲音。

「不好意思，請問這裡是大牌七十三號嗎？」

阿里朝著聲源轉過來，微微地側著頭，因為害羞而不敢直視聲音的主人。「小姐，這裡是大牌七十四號，您要找的七十三號在永發街上。那裡轉角就到了。」

「哦，是這樣啊。」女人躊躇著蹙著眉。她一面像是對著自己卻又像是對著阿里，喃喃說道：「可是，我剛才已經找過了呀……不過，謝謝您。我再找找看。」

當女人要轉身離開的時候，她頸上的十字架吊墜正好把下午的陽光反射到了阿里的眼睛裡。啊，這時女人看見一雙淺銀灰色而略微渾濁的瞳仁，嵌在這個有著深褐色皮膚的印度男人臉上，又被他濃密且捲曲的睫毛羞澀地遮掩著。這是多麼奇特的組合。她在那三秒停頓的折光中，犀利地打量了這個男人後移的髮際線，兩鬢灰白的短髮，以及頸部的皺紋。為何這一系列中年的烙印卻又偏偏刻在這高大且依稀健碩的身體上呢？她不自覺地有些出神。

阿里雖不敢正視眼前的女人，卻覺察出她的遲疑。「小姐，您要是不介意，我帶您過去吧。我正好要去地鐵站，順路。」

女人開心地笑了。

女人名叫卡洛琳，是天主教徒。她在這島上出生，卻一直和前夫生活在北方的大陸。稱他是前夫，連卡洛琳自己都覺得有些負氣的好笑。當主教宣告她那長達八年的婚姻無效時，她突然覺得自己的過去都被神收回了。她是虔誠的，所以她不去質疑教會的決定。可當她在那個北京的仲夏清晨收到來自梵蒂岡的公文時，她的婚姻和過去就在那一剎那消失殆盡了。她膝下並無兒女，也不算是一個離婚的棄婦，因為在教會的眼中，她那整整八年的感情桎梏是「無效的」，既然從來沒有結婚，那麼自然也沒有離婚，翻來覆去無非只是一場文字遊戲。可是整整八年，她和前夫的種種她都記得，可這記得都是別人給的。她如同活在他人的夢中，如今夢醒了，而她連做了一個怎樣的夢，竟然一時言語也欠明白。她感謝教會將她從那婚姻的枷鎖中釋放出來，可是獲得釋放的代價是必須承認那枷鎖的不存在。她不知道自己是否可以把記憶刪除。她苦惱，可甚至苦惱也向來不是她要屈服的對象。於是，她毅然決然離開北京，重返闊別八年的熱帶小島，重新開始。她要離開那片讓她變得「無效的」北方土地。

「阿里，幾個月來搬家的事都虧你幫忙。如果不是你，我一個人還真應付不過來呢。」卡洛琳坐在巴剎二樓的食閣，一面吃著她最愛的海南雞飯，一面看著阿里說。在北京的幾年裡，她都常常懷念這道地的海南雞飯。那起骨的白斬雞肉是那麼多汁，皮是那麼滑嫩。她常想，若是要她一輩子吃這樣的雞飯，她也不會厭煩吧。

阿里聽她這樣一說，便有點靦腆得不好意思起來，他低著頭嚼著幾片翠綠翠綠的黃瓜，答道：「別提這些，鄰居嘛，幫幫忙是自然的。」

「我能在來找屋子的第一天就遇見你這樣的鄰居，還真是好福氣！」卡洛琳半帶調侃地說：「這家的雞飯我最喜歡，不管是文東記還是什麼記，都不如他家的雞飯做得好。味道和我走之前一模一樣。走了這麼多年，回來一看，老房子雖然還是老房子。可外牆呀街道呀，都粉刷了，變了。若不是變得這麼多，我還真不至於第一天來這裡的時候迷路呢！再怎麼說，我以前也是這裡長大的。現在能記住的就只有這味道了。」卡洛琳看著眼前的這盤雞飯，喃喃地說道，薑蔥蓉和了辣椒醬，調羹挖一點就又往飯裡抹。

阿里聽出卡洛琳有些懷舊的傷情，他突然很想在這時看這女人的臉，看她有些哀怨的樣子。他想那樣子是美麗的。他還想到巴剎裡總是悶熱凝滯的空氣，不管用多少盞電扇也吹不動。他想這樣的悶熱會如何讓卡洛琳的臉上滲出一層細密的汗來，而那汗又把頭上煞白煞白的燈光折回去。可他卻終是不敢抬頭，他怕自己一看，心就軟了，而對於阿里這樣的人來說，心軟是他受不住的。他在意的是肚子，而心的事情他管不了。

「你總算是記住這味道了，那也是不錯的。上次不是跟你說，我是你走後的那一年從小印度搬進來的嘛。我每天早早的就出去給人家看門，要到入了夜才回來。你說街道變了，外牆變了，我倒是不大覺得。常住這裡的人，反而不如你這樣離開後又回來的看得明瞭。我只知道你對街的那棵黃盾柱木。一年一年地開黃花，又一年一年地落，這倒是我常在後陽臺晾衣服的時候看到的。」

聽了這些話，卡洛琳突然不知道該怎麼接。她心裡也知道，阿里單身一人都五十出頭了，仍舊是個保全人員，生活實在不寬裕。惘惘間，她為他感到惋惜。可轉念一想，做鄰居的，除了有時吃吃飯聊聊天幫幫忙，多的也不便於做盡了，終究是自己的生活。而她仍有很大的一塊生活壓在北京，搬不回來。

卡洛琳這樣想著，阿里側著頭努力地聽著。可他聽到的是什麼？面前的女人可一句話也沒有說。他淺灰色的眸子，一閃一閃的，似乎會替她說出話來。

他們吃完飯，便從成保路順著永發街大牌七十三號的騎樓往回走。騎樓在街道中段拐了角轉了彎，他們也不順著街道直直去，反而都順著那騎樓轉彎，似乎是鋪好的軌跡，即使要多走這麼一小段，也是情願的。卡洛琳在樓下向阿里道了晚安，便上樓去。她的拖鞋在狹窄的樓道裡，敲出清脆的回音。阿里不看她的背影，只是仔細聽著這蹬音。一直聽到卡洛琳進了門，他便一人，再順著騎樓繼續走。那牆上的壁虎看他走來都一隻一隻地瞅著他。

他走過路旁那幾株未開花的九重葛和那棵未結果的楊桃樹，他走過大牌74號騎樓下那個為外籍勞工剪頭髮的中國小妹。他曾無數次地走過這個小妹，可都並沒有和她打招呼。這時，小妹抬頭打量著這個高大又沉默寡言的印度鄰居，她一眼就看到了阿里那淺灰色的，不，是乳白色的眼睛。

哦，他大概是個青盲吧，小妹暗自猜度。

一個炸雷，阿里從床上驚醒，天已經微微亮了，房間裡有朦朧的白光。他索性起身來，走到神龕前，將掛在黑天銅像身上的那串花環理了理，再換上新鮮的蘋果和香蕉。那花環上的茉莉、月季和金盞菊已經開始枯萎，可好在一朵也沒有掉落下來，這使得阿里心中有一種說不出的安慰。他在神龕上點了一盞蠟燭和一個安息香香錐。黑天彷彿便在這混雜著肉桂、乳香、沉香和雪松木味道的香火裡，輕輕地吹起笛子來。笛聲悠然，吹得天地清白。而他腳邊的那頭白牛，也顯得分外服帖安順。

阿里聽著這笛聲，走到屋後的陽臺上。晨光被烏雲壓得很低很低，他想起上個星期卡洛琳突然來向他告別，說又要搬回北京。阿里心裡著實沒個準備，可也一時不知怎樣回她，只好愣愣地應著。他遠遠地望著那棵高大的黃盾柱木，大片大片斑駁的黃色，隔著空氣，竟都滲到他眼睛裡來。

頭上的雷，一聲打得比一聲響，而雨卻遲遲沒有落下。

客 7

午後，天文隻身一人枕在一樓客廳的榻榻米上，仰頭望著後院天井裡的花草。十年前剛搬到大牌七十三號西南角一樓最末的這個單位的時候，天文還頗有閒暇和心思去照料這些植物。單位在底層，房間的採光不比二三樓的明亮，可好在還有這個天井，一年四季的光便都是從這裡瀉進屋裡來的。天文索性將植被都栽種到這天井裡頭，也好讓它們偶爾得些晨光雨露。

天文嗜睡，他已經記不起來自己是第幾百幾千次在這樣的午後以這樣側躺的方式看著天井，他想起頭些年的時候，這些花兒草兒，都還枝繁葉茂。那幾盆橙黃的蠍尾蕉掩映在純白的蜘蛛蘭間，顯得嬌貴而富有奇趣。罩在它們頭上的是一株婀娜的緬梔，在天井的白牆上疏影橫斜地漫畫著自己的影子，偶爾也開出幾朵粉紅的花來，而花心帶著點鵝黃。這些植物的色彩曾是如此的斑斕且柔順，如少女在四月間莞爾的臉。院中生得最為蔥鬱的實屬那些綠蘿。它們那成熟枝莖上的氣根如同千百根手指，牢牢地攫住可以攀附的任何東西。不出三年便迅速地竄到天井二樓的牆壁上和深褐色的刺柏木柱上頭去了。它們以一種蠻荒的姿態侵占了高處之後，便把那些墨綠且肥厚的葉子努力地撐開來，院內頓時就變得陰翳起來。然而，院中牆上只是刷了一層淺淺的白漆，加上雨水的時而浸泡，終究不負綠蘿的重荷，大片剝落開來。承重的綠蘿便隨之轟然倒塌，婀娜的藤蔓和肥厚的葉子也一齊縱身跌入天井正中那清淺的水池裡。藤鞭抽打在水面上，濺起水花來，倒是一不小心驚了池中那一尾形單影隻的錦鯉。

而這般的風月雅靜都是往年的事了，時移事往，天文的花園如今早已廢棄不用，再加上疏於照料，荒草蔓生，蠍尾蕉和蜘蛛蘭早就隱沒了蹤影。裝緬梔的瓦缸也已冰裂，緬梔索性不再開花，只是瘋狂地將龐大的根系鋪排開來，一直扎到那水池裡，砌池的磚塊也被它拱碎了好幾塊。從此，後院裡再也容不下半個落腳的地方，這方寸之地竟滿是糾纏的根莖，千絲萬縷，也不知哪條是死的哪條是活的，只是條條都兜住些塵土，再充沛的雨水也洗刷不乾淨。這牆上柱上倒是都還攀附著綠蘿，但是它們的葉子已開始斑駁枯黃，顯得如人一般的頹唐和寂寥。天文看著滿園的蕭然，自覺沒趣，方欲沉沉地睡去，突然又覺得口渴，便慵懶地起身來喝口水。他才拿起杯子，電話就響了。天文卻當作沒聽見一樣，不緩不急地喝了水，再將杯子輕輕地擱到水槽裡，才轉身在電話將要斷線的前一秒按下了接聽鍵。

請問是Mr. Tan嗎？我是搬家公司的。我想確認一下您的搬家日期，是下個星期二和星期三這兩天嗎？好的……

年初久旱，雨水一直等到四月才慷慨地降落下來，花都開到荼蘼。

馬克就是在齊賢街電力站旁那棵紅花風鈴木迎著這充沛的熱帶驟雨而落英繽紛的當天從巴西班讓海邊的那座豪宅搬來這裡的。馬克看見這些粉紅色的小喇叭簌簌地落下來，濕了一地，就不禁在心中感歎，眾人都說熱帶的島嶼不懂四季，而他看來這些「不懂」卻都是人的，這些植被對於什麼時候開花什麼時候落葉心中比任何人都要明瞭。

離婚以後，馬克將西海岸的房產都留給了妻子和兩個孩子，自己搬進永發街的大牌七十三號。雖然如今的單位不如從前住的別墅大，可就他一個人，也算是綽綽有餘。其實搬來中峇魯全是因為馬克的老友卡洛琳。卡洛琳自小在這裡長大，後來去了北京幾年，在那裡結了婚。不知為什麼前些日子突然回新常住了一段時間，後來又聽說是回去了。而馬克就是在卡洛琳重回獅城的時候和卡洛琳聯絡上的。兩人都是同一天主教會裡從小長大的朋友，馬克從教友那裡無意間聽說卡洛琳搬回來的消息，便約她出來喝下午茶敘舊。那日他們見面的地方，就在不遠處英雲街的那間咖啡館裡。

當卡洛琳知道馬克要從家裡搬出來住的事情，也沒有追問原因，便向馬克提議為何不搬來這個街區。還不等馬克細問，她就開始細數這裡的好和方便。她說若是要住在島上其他地方，是她萬萬無法想像的難事。馬克聽卡洛琳滔滔不絕地說著話，興致極高，雖聽來聽去也沒有聽出這個街區到底好在哪裡，可也不便打斷她。馬克反倒覺得與其說是她想說服馬克搬進來，毋寧說是她在說服自己應該在這裡繼續住下去。雖然馬克覺得這個街區寧靜樸實古老，有著建國之前久遠的靈韻，但是真要搬進來住他還要再考慮考慮。

他們無意間聊起離婚的事，馬克故意閃爍其詞，像是隔著一層珠簾在給簾子外面的人看自家祖傳的寶貝，勢必不能讓外人看清楚。他只是微微透露離婚對於他來說有兩大煩事，一是商榷離婚協議，二便是搬家。那麼多的東西，原本都是兩個人共用的，卻硬生生地要撇成兩半，像是將一對雙生子撕開來一人一半地帶回家去。而那些物品都好像有了自己的意識，鐵了心要讓兩人共用，你若真是將它占為己有，它索性就罷工，壞掉，修也修不好。卡洛琳聽後，只是赧然訕笑，口中不語，心裡卻什麼都明瞭。她品著用蘇門答臘原豆磨耗的咖啡暗忖，不管每個人的生活到底有多麼的不一樣，但是至多至少都總是被相同的問題羈絆著。大家都是知命不惑的人了，但是什麼卻依然像二十歲一般的一團混亂，緣由雖頗有雷同，但心境已和從前大不一樣。想到這裡卡洛琳突然開始審視自己的一些抉擇，像是有人慢慢旋轉著老式收音機上的音量調節鈕，將馬克的聲音漸漸地消除了。

在那次見面的一個月後，卡洛琳突然不告而別又搬回北京去。她為什麼沒有親自來道別，馬克幾經揣測也道不出個所以然來，索性作罷，而他也就在卡洛琳離開的幾個星期後下了搬來永發街的決心。抉擇如同四月的驟雨而至，讓做出選擇的人自己都常常毫無準備。對於這個新的街區馬克有一種難以名狀的感覺，似乎和卡洛琳有一種隱約的關係。這感覺兜著他，讓他在惘惘間覺得這裡總是有很多人在不斷地搬走，然後更多的人想要搬進來。搬走的人不一定都會回來，而回來的人也不一定就會常住下去。

這裡沒有什麼東西是永恆的，如同風鈴木花慷慨地綻放然後再慷慨地落下。

星期二，搬家公司的運輸羅厘一早便到了天文門前，停在那裡占用了三四個車位，惹來食客們厭煩的目光。車位向來吃緊，又頻頻有白衣黑臉的交管員來開罰單，如今被羅厘一停，車位就更少了。食客們一邊吃著街頭那家的海南咖哩飯，一邊瞅著自己的車以防被開罰單，還一邊好奇地瞟著羅厘，看不知是誰家要搬走了還是要搬來了。似乎這裡居民的熙來攘往都和他們這些不住在這裡的人有著千絲萬縷的聯繫，反而是常住在這裡的人對於鄰居的異動已經習而不察了。

羅厘的門被豁然拉開，七八個馬來壯漢從裡面魚貫而出，各個皮黑唇厚。他們熟門熟路地進入天文的單位，幾聲寒暄後，便按照經理事先的指示開始麻利地收拾滿屋囤積的物品和家具。除了屋主天文，出入這個單位的向來都是一些談吐文雅的華人和白人，他們大多從事教授、律師和醫生這樣的職業。和他們相比這些馬來男人們的出現帶給天文一種別樣的感覺，像是他第一次去拜訪法國里昂的繼父，在那裡第一次嚐到兔肉，只知道那東西的新奇卻道不明它的好壞。母親是個娘惹，家族裡向來是偏愛英國的，也有很多遠房的親戚早就移居英國。父親死後，為什麼母親會偏偏嫁給一個法國人？母親當年的決定讓天文和家中的一些老娘惹很是不解。從一個島搬到另一個島，一輩子都是普勞普勞普勞，有什麼好的？天文記得當年母親就是這樣的和定居布里斯托爾的大姨理論的。好在如今母親和繼父在里昂和布里斯托爾都有置產，兩地輪流地居住，也不至於和在英國的親戚疏遠，反倒是因此這幾年來不怎麼回新加坡了。

天文站在客廳正中微笑著目視著這些稜角分明且身強力壯的馬來男人們，隱約欣喜地感覺他們為這頹敗的老屋注入一股原始的生氣和活力。他們棕色的赤腳溫柔地踏在房間的地磚和木地板上，恰似每一步都踏在天文的心裡。天文看著這些腳，心中竟生出幾絲溫存來。那些腳背是那樣的黝黑且厚實，足弓微微地隆起。它們在移動的時候和地面溫柔地貼合，好像家裡的地磚和範本都因這些腳的撫摸而蕩漾出少女的羞澀。它們的行走是沒有聲響的。而天文的雙腳蒼白且精瘦，赤腳扣在地磚或地板上會發出咄咄的悶響，這樣激烈地撞擊著使得他很快地感到疲乏，因此他在家裡也會穿鞋。馬來男人的腳底都長滿了厚實的繭，腳後跟和腳掌兩側都有龜裂的痕跡。而天文看著裂痕暗自猜度，這個國家中，也就只有這幾雙赤腳還能和土地親密無間了。

而就在此時，這些馬來男人也在同樣窺視著天文的生活。在他們幾年的搬家經驗中，這些學識不高但很精明的巫族人已經完全可以從各類物件中洞悉屋主的性格為人和生活習性。那些照片、衣服、水杯和書籍都在一點一滴地向這些陌生人透露著天文最為私密的消息，只是天文自己毫無覺察罷了。馬來男人在搬了幾十上百個家以後，他們對於物品的了解是全然超乎屋主想像的，他們多數時候選擇沉默，若都說出來，沒人會相信這等的見識是出自一個搬家工人。他們用天文不諳的馬來話交流著：這個黑色盒子裡面應該裝的是一個打字機，你小心點兒拿過去（啊，那是我在劍橋留學時用的，已經不知道擱在哪裡，好多年都不曾看見了）；這些茶器是英國的也小心點兒（這套瑋致活的金黃鵲鳥骨瓷器應該是母親寄給我的）；那個青花瓷瓶不用擔心，不是古董，是仿的，但是你還是小心包起來（這是前年在上海城隍廟買的小玩意兒，想不到如今拿出來倒是好看）。這些話都一句一句在天文眼皮底下流竄著，他們手和嘴在勞動的時候都不曾閒置。

屋主一定有囤積物品的癖好，他向來只收不扔，肯定是的。這是在這些馬來男人進入這個單位十分鐘後達成的共識，而事實也正是如此。屋裡每一張桌面檯面都擺滿了瓷器、泛黃的廣告信、褪色的熱印紙帳單和任何可以想像得到的小物件和旅遊紀念品。每一面牆上都掛滿了在世界各地購置的畫，而天文他並不在意這些日本的版畫、不丹國的照片和後現代的娘惹版聖母像懸掛在一起是否顯得那麼唐突和不合時宜。他的屋就像是他那疏於照顧的天井，有著如此鮮明的曾經被人居住的痕跡，如此濃郁的曾經興榮一時的氣息，而這些痕跡和氣息對於那些馬來男人來說又是陌生的，猶如異國。

在這裡居住了十年的天文就是這樣被湮沒在一摞一摞再也沒有意義的瑣碎繁雜的物件之中。天文和這間屋子的關係就在這不斷地囤積和偶爾地清理之間愈發密切。而馬來男人們手握著滿屋的東西，偶爾會用帶著天文很久都沒有聽過的濃厚馬來口音的英文詢問，老闆，這些東西應該扔掉嗎？天文笑著搖頭。這些東西應該收起來嗎？天文笑著點頭。所以這些瑣碎，不管它們的價值，都將被馬來男人們嫻熟地包裹起來，然後被小心翼翼地裝入紙箱中，似乎它們皆是一些價值連城的寶物。而這些陳舊的雜物，都將被擱置在新屋的哪裡呢？新的單位是否有足夠的空間和度量去盛放一個人繁瑣的過去呢？天文是根本就不會去考慮這些問題的。他只是看著馬來男人們結實的手臂和他們黝黑發光的皮膚，他聽著他們之間的說笑，在一連串的語句之中如路邊拾遺一般順手撿起一兩個老祖母和大姨才會說的馬來單詞。這些單詞聽來是那麼的遙遠，像是從海峽的那邊喊過來。他兒時也曾能夠了解話中的意涵，可久而久之，這些話對他失去了原本的意義。祖母、大姨和母親擁有的語言天賦彷彿是一種十分古老的魔法，被封殺在歷史的盡頭，山遠水長的禁地。

馬克的巴比彭特（娘惹豆醬燜豬肉）還差十多分鐘就燜好，客人們都一個個地進門來。這些穿著體面的男女雖然算不上是名流，但都在自己的領域小有成就。他們熟門熟路地走進來，有的三兩成群地徑直坐到飯桌旁品酒聊天，有的則前來和馬克寒暄順便打打下手。馬克是不喜油煙和明火，所以家裡自然不用氣爐，而是改用摩登的導熱電爐。廚房是開放式的設計，和客廳餐廳融為一體，房間正中擺著一個碩大且方正的純白大理石爐臺。馬克一面準備著飯菜，一面和餐桌上的客人隔著爐臺閒聊。那精緻的黑色平板導熱電爐嵌在純白的爐臺上，顯得簡約又有氣派，只可惜那碩大的爐臺上淩亂地堆滿了各種佐料、洋酒、紅酒和零食，弄得打下手的幾個客人連個切菜的地方都騰不出來。其中一個首次來馬克家作客的醫生，看著這一桌子一屋子的東西納悶：一個男人怎麼就能把這麼大的一個爐臺囤積得滿滿當當的？而他身旁那個和他同來的律師朋友給了他一個會意的苦笑，大家就都心知肚明了。

爐臺雖然是亂了點兒，可那飯桌上的擺設可都是中規中矩的符合標準的西餐禮儀。白色的瓷盤，水晶的紅酒杯，玻璃的水杯和銀色的餐具，它們在頭頂那盞風格簡約的吊燈下散發出熠熠光澤。那幾絲小溫存幾絲小窩心，就從這些冰冷的餐具上一點一點地滴出來，浸入餐桌旁高聲談天的那幾個人的心裡。想必是餐前酒喝得多了，客人臉上都泛著微微的紅光，這是每個禮拜三晚上馬克家中常見的場面。

在搬來永發街的半年後，馬克習慣在禮拜三晚上舉辦這樣的晚餐，週週如此，這儼然已經成為他生活中不可或缺的重要儀式。他燒得一手好菜，也喜歡親自下廚烹飪美味的食品，只是一個人生活不便頓頓開火，可又每個星期總是手癢想要下廚，索性就把新老朋友都叫來一起用餐。不管是中式臘腸飯、英式牧羊人派、法式紅酒燉雞還是今天的娘惹豆醬燜豬肉都是馬克的拿手料理。今天做什麼菜請什麼人統統都由馬克自己來決定，這是他的家，他有絕對的自主權，不再需要像以前那樣為了妻子做出妥協，因為他的前妻是十分討厭家裡有外人出入的。

馬克的客人名單中有一些珍妮和雪麗，也有一些布萊恩和湯瑪斯。這些人雖然都是華人，但統統都以英文名字相稱。他們的出現也並非巧合，而是由馬克精心安排的。禮拜三的晚餐給予馬克無限的滿足感，因為他可以在這個星期的飯局裡將那些出身名門的珍妮介紹給有錢有勢的布萊恩，他也可以在下個星期的飯局裡將那些仕途不順的雪麗介紹給那些在商場如魚得水的湯瑪斯。這些人通過馬克各取所需，而馬克則用這些晚餐結交一幫又一幫的朋友，建立社交圈子，一個和前妻完全獨立且隔絕的世界。他居於這個新世界的中心，感到一種很貼實的安心和自得。他需要這些客人來到這個獨居者的屋裡來，他用美酒和佳餚去填滿客人的肚子和心，然後用來訪的客人去填補他的生活。這些性格各異年齡不等但又頗有涵養的男女被馬克召集起來成為一個完美的整合。新來的客人會從滿屋的東西中推測馬克喜歡收藏物件，而來過幾次的朋友就會發現其實馬克最寶貴的收藏是他們自己。

隨著馬克在這裡居住的時間越來越長，他的爐臺也就越來越滿，其實被物品侵占的不只是爐臺還有整個單位裡所有的檯面甚至是牆。而當馬克收集的人和物品漸漸多起來，這個屋子裡就愈發飄溢著一種沉重且隱晦的氣息。這種氣息讓每一個前來用餐的客人都感到難以啟齒的心慌，這慌像地鼠一樣鑽進人的心裡再把它挖空，再怎麼多的東西都填不滿。而一個讓人心慌的屋子，是不適合用來招待賓客的。於是幾年之後馬克所籌辦的禮拜三晚宴就越來越少，後來索性就不辦了。於是馬克再次跌入一種失重的生活狀態之中，他又一次地感覺到自己如同離婚前夕一般浮在空中，他看到前妻那張憤世嫉俗的臉，她在馬克的記憶中向馬克的客人們投出厭惡的目光。熱帶的空氣凝重潮濕且溫潤，但飄在空中的馬克卻幾乎窒息，好像她從來就未曾離開過他，她幽幽地懸臨在馬克的生活中，如同一個鬼魅。你從來就未曾愛過我……你只是希望滿足你母親對於家庭的需要……是你毀了我，那個聲音惘惘地斥責著。為了彌補這種詭異的氛圍，馬克添置了更多的家具或物品來填充這個單位。可是當他環顧四周的時候，他失望地發現屋內已經再也囤積不下任何的東西，就正當他感到極度灰心喪氣的時候，他眼睛乜斜著向外一瞟，看見了後院空曠的天井。

於是在搬入永發街三年後，馬克在天井中栽種了第一株綠蘿。

天文搬走後，新的屋主很快就搬了進來，是一個年輕的美國女人。那日下午女人正好在家，郵差前來送信，見門是虛掩著的，便朝向裡面叫道，Mr. Lim，有你的信！女人自然不諳華文，可是聽到門口傳來呼喊，便走過去打開門來用英文問道，請問你找誰？

郵差前些日子被分派去負責別的街區，沒想到今天剛調回來就發現Mr. Lim已經搬走了，他連忙不好意思地解釋說，對不起，我以為Mr. Lim還住在這裡想不到他已經搬走了呀。

是的，前幾個月就搬了，現在我住在這裡。

郵差剛要轉身離開，女人連忙叫住他，不好意思，先生，我這裡還有很多Mr. Lim的信，都是他搬走後收到的。他可能是忘記辦理轉寄了，我可否把它們都退還給你。

郵差連忙說，當然，當然，我會回去向郵局裡稟報的。等他來郵局辦理轉寄手續的時候，我們可以一起交給他。而郵差在接過信件的時候，透過女人的肩膀，瞥見後院天井中的植被一派欣欣向榮的繁盛光景，不禁讚歎道，好美的花園呀。

女人也轉過身，看看那天井中蔥鬱的綠蘿和開著粉紅色花朵的緬梔說，謝謝，可惜都不是我種的，我搬進來的時候還以為它們都要枯死了，本想統統換掉。可誰知沒幾個月竟都又自己長了起來。女人回過頭來，再次叮囑，信的事就麻煩你了。說罷便輕輕地關上了門。

郵差接過信，轉身離去，他凝視著封信上那個熟悉的名字。這個單位的老屋主，郵差已經差不多為他送了十年的信呀。郵差有些納悶地暗忖：他究竟又搬去了哪裡呢？

郵差將女人退回來的信件放在摩托車後備箱的最上面，每一封信上都用鉛字印著同樣的名字：Marc, Lim Tian Wen。

8 三代（上）

1.

年邁的男人開著一輛將近十年的黑色大眾，在高架公路上平穩地滑行。一路向東，朝著樟宜機場的方向駛去。道路兩旁的雨樹，盤虬臥龍地支起來，撐開傘形的樹冠，熱帶的風吹著它們，就這樣向後跑去。

男人有一個與臉盤極不相符的大鼻頭。那雙曾經炯然有神的眼睛，也因為老花而失去了往日犀利的鋒芒。那鋒芒如今被一雙下垂的眼角壓住，像是被熨燙得服服貼貼似的。魚尾紋在眼角隨意地撒開，像三角洲上扇形的沖積平原。平原上的沙洲是淡淡的老年斑，稀稀疏疏地囤在那裡，斑駁年歲。好在畢竟是個形體高大的男人，稜角也尚且分明，單看他的雙肩便曉得，若是能再年輕五六年，那也算得上是曾有大擔當的人了。

今天是個特別的日子，他起了個早。將車頂上落滿的黃盾柱木細碎的小黃花撣落，再親手將車子再擦洗了一遍。他趁著這永夏之國柔情未泯的晨光，將這條老街上上下下又看了一遍，仍是白牆圓角洋灰地的五腳基，多年不變。來來去去不知多少戶人家，唯有日日擺弄花草的莫老夫婦和順囍齋裡的那老嫗算得上是有些年生的老鄰居。

如今車行在路上，車身在陽光下發出熠熠的折光，把它與同路的比起來，雖然型號是老了一點兒，可仍是丁點也不顯舊的。男人因此有些許的得意，可這得意裡面藏著一絲無來由的苦楚，從他那均勻的呼吸裡幽幽地蕩出來，瀰散在車裡密閉的空氣裡，被冷氣一吹，又消散開來。

車子這時正駛過一段高架公路，左手邊矗立著鱗次櫛比的金融大廈，每一扇落地玻璃窗裡都框著幢幢的人影。樓宇裡的人如同蟻群，他們的移動成為這個城市的命脈。要知道十幾年前，男人也是這樓宇之中搏動的心臟之一。他的地產公司，也曾在珊頓道最顯赫的摩天大樓裡占有一席之地，而這統統是往日光鮮亮麗的一筆。想到這裡，一股莫名的蕭疏和寂然竄上他心頭來。

車子減速，打指示燈，加速，超車，再打指示燈，進道……它似乎是一架有那麼些自我意識的機器，而並非完全受制於男人的驅使。這樣奇怪的感受偶爾讓男人與車之間產生一種不安的疏離感。有一種憒憹在他心裡悠悠地升起，又悠悠地消弭，無知無覺。如今，他和自己所愛的一切都是這般悠悠地疏離著，而他對於生活的憤懣和躊躇，也是這般恣意地升起、恣意地消散著。好在他還有那條老街，是個躲風避雨的所在。

車子的右手邊是吉寶集團裝箱碼頭。一座座用各色長條形的集裝箱堆砌起來的群山，綿延不斷，形成城市另一經濟命脈。這些山日日遷移著，變幻莫測，像被人擺弄的玩具積木。山的後面，是一片終年擠滿了船隻的近海，而海的盡頭是一座更大的人工島，島上終日烈火熊熊。山島之間終年泊滿遠洋貨輪。船首一齊隨著風向眺望著同一個遠方，給人整齊有序的感覺。唯有那船身下的海水，時東時西時寒時暖，錯亂無章。整個島國的經濟有一大部分都是靠這些山和船撐起來的，沒有它們就沒有這個國家的興旺。而男人總是失落地意識到，這興旺也如自己一般馬上會走入了風燭殘年的衰旅。雖然如今倒是不大看得出來，可聽說中泰克拉運河會在本月竣工，島國風聲鶴唳，人心惶惶。

男人繼續駕著車，再向前一段，汽車就要進入濱海灣的海底隧道了。穿出隧道，駛過那截花團錦簇終年遍開九重葛的路段，那離機場就不遠了。

2.

車裡，副駕駛座上坐著慧珍，後座上還坐著一個一直埋頭在撥弄著觸屏電腦的中年女人。女人與慧珍長得極像，或許是慧珍幾十年後的樣子，也未可知。男人從反光鏡裡看著後座上的女人，他發現自己已經很久沒有認真地端詳過她了。

女人已經全然失去了往日的風華，那螓首蛾眉、臉如桃瓣、鬢如刀裁的好底子，幾乎被歲月摩挲殆盡。男人以一種深情的眼光透過反光鏡去捕捉她的眼神，而他發現她的眼眸已不再分明，昏黃中透著呆滯，這讓他不禁發出一聲淺淺的太息，也是隨即便消散了的。女人那齊肩的長髮也已失去了光彩。因為長期使用劣質的染髮劑，她的頭髮呈現出庸俗且廉價的赭石色。唯一還能讓男人得到些許安慰的是女人的眉宇，其間倒是還殘存著往昔清秀嬌嗔的影子，只是那眉頭因常年緊鎖，如今早已皺出了萬千的丘壑來。

男人私自忖度著，這樣的女人，不知是她拋棄了生活，還是生活拋棄了她？抑或是他拋棄了她？可是她不也是拋棄了自己嗎？女人仍舊聚精會神地擺弄著手中的觸屏遊戲。男人承認，她已經再也無法感受到他那似乎仍是殘留著的一絲愛意了。

他索性將這目光收斂了回來，如同他把他的溫存都收斂回來一般。他又思索了片刻，眉頭一皺，對副駕駛上的二女兒說道：「慧珍，孩子還小，交給我們帶是沒問題。只是妳一個人在外面，要懂得照顧自己呀。美國不比新加坡，治安向來就是一個問題。妳是在安全的地方待慣了的，不曉得這世道的危險。我告訴妳，哪裡都是一般壞的。」

「哦，知道了。」慧珍一面答應著父親的諄諄告誡，一面將頭轉向一旁。才剛一側過臉去，眼裡就噙上了淚，那眼淚裡裹著的是內疚和自責。她知道自己和後座的母親一樣，都是被生活拋棄的人。而她和自己的母親比起來，她更可惡，因為她連自己剛出生的女兒也不要了。可這又有什麼辦法呢？她大好的前程，總不能被一個嬰孩拖累吧？

「嗯……」女人在觸屏遊戲音樂的伴奏下發出一聲長歎。

「慧珠在波士頓，已經幫妳收拾妥當了吧？妳再跟她確認一下航班號碼，接機時不要錯過了。」男人的語重心長裡帶著一種凝重和不堪。這是這個島上所有從南大畢業的學生在講華語時都不自覺地啟用的一種腔調，像是在私下就擬好了草稿，如今只是將臺詞背出來，也似乎是歷史透過他們的口在低聲地呢喃。而這呢喃如今再也不能被他們的晚輩所聽見。

「知道了，爸。我又不是第一次去美國。再說，姊做事，什麼時候讓人操心過？」慧珍的英文在他聽來，已經不帶什麼南洋的口音了。她的英語裡有一種大都會人的抑揚頓挫，反而不像是這島上長大的。這是自己的女兒嗎？他有時也有這般的疑惑。她為什麼要以這樣的方式和自己講話呢？她為什麼就不能像她姊姊一樣好好講華語呢？

男人點了點頭，可他心裡清楚，他總想著大女兒的好，她的貼心。可即使是大女兒，在外面這麼多年，他知道她也向來只是報喜不報憂的。嘴上說的都像是吃了蜜的，可真的過得好不好，他也不知道。如今，二女兒也要過去了，把他一個人留下來，和一個他不再認識的女人生活在一起。

想到這裡，他那顆年邁的心就隱忍地疼痛起來。那傷痛，像以石擊火，明明滅滅、微微弱弱。他心中有千萬個不解，為何自己的婚姻形同槁木，家庭名存實亡，女兒遠赴他鄉？他最不明白的是為何二女兒怎麼才一生了孩子就離婚了呢？

男人一面駕著車，一面用華語對慧珍喋喋不休地叮囑著赴美事宜。可他說來說去，也無非是那些慧珍早就料理妥當的瑣事。男人的口齒尚且清楚，可就是不知道他跟女兒講的這些話她是否聽進心裡去了。男人用華語說一句，女兒就用英文答一句。他們之間的溝通山遠水長。

「啊……」後座上的女人發出一聲感歎，似乎又想起了什麼似的。

3.

兩人雖然已過了銀婚，卻早已終日無言以對。誰知年少時，他們也因為一些所共有的不切實際的政治理想以及對於未來的憧憬和抱負而相愛過。然而，少年的理想終究幻滅，是人事，也是天數。

好在八〇年代後，男人投身於蒸蒸日上的地產業，創辦了自己的公司。政治的革命和金錢的革命不都是一種革命嗎？與時俱進也好，自欺欺人也罷，總之這是島國人特有的精明，可惜這精明終究還是抵不過時運。一九九七年的那場金融風暴使得亞洲四小龍在一夜間都統統蕭條了下來，百業待興，新加坡也不例外。於是男人的理想又一次的幻滅，而這一年也成為他們婚姻的折點。

男人的房產公司倒閉，作為股東的他宣布破產，賦閒在家。為了節省，他只吃對時飯。素來就是富太太的女人，哪裡禁得住這樣的打擊？吵也吵了，鬧也鬧了，不得已兩人只好把武吉知馬路上的那一座私人洋房折價賣掉，僅靠那些折款勉強供兩個女兒上中學。

跟了家裡十幾年的兩個菲傭也因為發不出工錢而被辭退了回去。一家四口能搬去哪裡呢？總不能流落街頭吧？好在男人母親那間在中峇魯永發街上四房式的老厝，還有幾間多出來的空房，一家四口便拖兒帶女、灰溜溜地遷了過去。說是等有了機會，再搬出去也不遲。

俗話說登高必跌重，只是男人怎麼也沒想到，他這次是從雲端直跌到了谷底，跌進了一條短短的永發街中去了。

操持家務的事，妻子自然是做不來的。好在母親是個心性豁達的老人，她心知媳婦無能，便將家中瑣事都包攬了下來，也不讓兒子過問，誰叫她是他的母親呢？她是心無怨言的。

老母親挑起了家務的擔子，可妻子仍是終日太息，對獨走麥城的他漸漸心灰意冷，也曾因此數次提出離婚的請求。他不允，其原因並非膝下的兩個女兒，而是更源於對生活的考量。若分了家兩人就更潦倒了，即便兩人要想自食其力也不可能。

妻子一再辯解說她愛的並非只是他的財富，可當愛情和理想都已成昨日煙雲，除了財富，也再沒有別的什麼能給予她安全感了。她不愛財，還能愛什麼呢？她自己嗎？已經是一個過了半百的婦人了，那爭榮誇耀的心早已泯滅。如今她連妝也懶得化，只將所有的期望都一心寄託在了兩個女兒身上。自己省吃儉用，卻也能將錢大把大把地花在兩個讀初四的女兒的學習和生活開銷上。補習、舞蹈、樂器，別的孩子有的，她的兩個女兒自然也都有了。無非是管教上過於苛刻了些，打罵也是常有的事。

「妳們再不好好讀書，以後就當個巴剎買菜的！初院也不用想了，直接去ITE算了！我苦了這一輩子，也不知道養妳們做什麼？妳們兩個生下來就是來向我討債的！」

這些轉變他都看在眼裡，他心知肚明，其實女兒們對妻子的謾罵已經早已表現得充耳不聞。他甚至有時候懷疑女兒們是真的聽不懂她在說什麼。畢竟夫妻兩人都是華校畢業，英文程度有限，而兩個女兒和這個島國的新一代一樣都是從小讀英校長大的。

島上也再沒有單用華文教學的學校了，即使是有，他也斷是不會把他們的女兒們送進去的。他們這輩子已經被耽誤了，他們絕不會為了一個過去的時代和一些不切實際的情懷，而賠上女兒的前程的。他知道女兒們的前程如同這個國一般，韶華盛極之後，如今也落得更倥傯不安。

都說母女連心，可妻子一邊罵著，一邊抱怨自己兩個女兒不懂她的心，便愈發生起氣來。有時氣狠了，轉怒為悲，自己憋了一肚子的委屈，頓時就紅了眼，竟背過身啜泣起來。一聲還未哭完，便又想起自己那個不爭氣的丈夫，遂又強行地抹去臉頰上的清淚，轉過身來繼續喝叱女兒們。

他聽見妻子的聲音，依稀辨別出一些過去的影子，那聲音曾經是那麼的甜蜜且溫柔的，如同天鵝絨一般的絲滑的。不管是詩歌朗誦還是集會宣傳，都是那麼的悅耳。那樣的聲音本不應該是用來喝叱人的，只是日子逼迫著她，她這般地歇斯底里起來。他甚至幾次看見妻子罵狠了，提不上氣，竟喘了起來。

男人不願聽這些咒罵，也知道那話裡多多少少有些含沙射影、指桑罵槐，索性終日坐到樓下的咖啡店裡來抽悶菸，也不和別人往來，愈發頹唐起來。好在女兒們爭氣，不但順利考入初院，A水準結束後，也都雙雙拿著獎學金去了美國的常春藤高校。如今沒了孩子的事情要他們日日懸心，妻子漸漸地也不再鬧離婚了。兩人便都一門心思地搞起自己的事業來。

天無絕人之路，經濟復甦後，男人在珊頓道上的一家國際房產公司找到一個經理的職務，不大不小。而妻子也在醫院找到了一個無關痛癢的差事。就這樣，夫妻兩人苦了五六年，也漸漸地整理得家成業就，回復了元氣。老母親去世後，便把那老厝留給了兒子和媳婦。夫妻二人也懶得再搬，索性就在永發街常住了下來。

女兒們負笈他鄉後，他本以為夫妻兩人能夠再次重溫往日的甜蜜時光。誰知因患難的那幾年裡世態炎涼，親友背棄，夫妻失和。不管於朋友還是於彼此，兩人也都寒了心，把人世間的情情愛愛都看得愈發冷淡了。家業雖是恢復了，可二人再也沒了往昔那番瀟灑的心境，接人待物也都多了幾分警醒。這警醒若只是對外那還好，可未料到夫妻兩人對內也是隔了心了。那心上長了一層繭，是剝也剝不去的。

那心繭本是用來自保的，卻也最能傷人。他想兩人都過了花甲，最困難的時候都捱過來了，更何況如今呢？感情的事，沒法補，補起來也是個疤，索性就這樣的耗著吧。不管是對愛情還是事業，他再也不想有什麼主動的所為了。

就這樣耗著吧，屋後花園裡的綠蘿都不覺竄上三樓了。

就這樣耗著吧，女人也不怎麼說話了。

就這樣耗著吧，兩人漸漸沉默了。

老厝裡的一切都因此而沉寂了下來。

4.

夫妻兩人就這樣又捱了幾年，姊姊慧珠畢業後留在美國做事，而妹妹慧珍竟然帶著一個金髮碧眼的英國人回來了。

「爸，媽，這是Chris，倫敦人。我們是在紐約認識的。他在一間國際顧問公司工作，倫敦的公司把他調到新加坡來了！」慧珍挽著身邊高大的男人，滿臉驕傲地向他介紹道。

「哦……好……好！」男人嘴上一口一個好地迎合著，雖然眼裡瞅著這個堆著笑臉的年輕小夥子也一時說不出哪裡不好，可就是心裡有種說不出來的滋味。英國人呀，他暗忖，那年學校裡來鎮壓學生的Mata頭頭，聽說也是個英國人呢。英國人就英國人吧，不是說這島也是他們修的嗎？

男人轉過頭來，望著妻子，想從她的臉上琢磨出一些端倪來。可那張臉看上去是如此的生疏。他似乎已經忘了，他已經很久沒有從那張臉上讀出什麼訊息來了。

男人用帶著南洋口音的英文對Chris說道：「歡迎！歡迎！家裡亂，今天忙著張羅了一桌本地菜。你吃辣吧？」

Chris望著眼前的老先生，聽著他對自己嘰哩呱啦地說了一通似乎是英文又不像是英文的話。只零星的聽懂了幾個單詞，便也拼湊出了他的意思，遂忙回答道：「是的，我吃辣。慧珍和我經常在美國去吃中餐，我都很會吃辣。」

誰知他一開口便是道地的英倫腔，字正腔圓。對於男人來說，Chris的話，也似乎是英文卻又不像是英文似的。他也只是零星地聽懂了幾個單詞，揣摩出了大意，便一面笑著說好，一面請客人入席。

女兒初次帶男朋友回來，不管怎麼說，他心裡總是有一大半是歡喜的。只是飯桌上，不是他詞不達意，就是Chris誤聽誤解。雖然說的都是英文，但有時還是要女兒再逐字逐句地將他的話再翻譯一遍給英國人聽。他心裡清楚自己半吊子的英文裡帶著濃厚的南洋風情，而在他聽來，二女兒的口音卻已經全然是美國腔了，妻子又不怎麼說話，Chris又說標準的英國話。這頓飯吃得熱鬧，說得荒唐，他真不知道自己應該歡喜還是苦笑了。

5.

男人和女人將慧珍一直送到第三航廈的安檢口。剛才在車裡還一直喋喋不休的他如今看著自己的女兒，竟有些哽咽起來。

「爸，你要好好照顧自己呀。」慧珍用蹩腳的華文才將話說到一半，就還是改口用英文繼續說道，「我會替你們向姊問好的。飛機一降落我也會馬上給你報平安，別擔心了。還有，和Chris離婚的所有手續我都辦妥了，我知道我一直沒有給你一個交代。你放心，只是時機未到，等我在姊那裡安頓下來，我會給你一個答覆的。」

「……」一路上千叮嚀萬囑咐的男人突然再也說不出什麼來了。他張開他乾癟的雙唇，又將其合了起來。他的雙眼有些漠然又有些愚鈍地看著慧珍，看樣子，他似乎把一生的話都在車上講完了。此刻縱使有千言萬語，也是枉然。

慧珍轉過頭去對他身後的母親說道：「媽，我要走了，你也要好好照顧自己呀。」

女人點頭不語。

「爸……孩子就拜託你了。」慧珍很輕很輕地把這幾個字從嘴裡拋出來，像是沒有意義也沒有重量似的，「等我安頓下來，我……可能……會回來接她的。」

三個人尷尬地站在離港大廳的中間，男人聽見機場裡此起彼伏的人聲。那萬千的人聲在此刻都匯成了一句私語，在他的耳朵根子娓娓道來。

說他無能，不知天命，讓一個家就這樣散了。可若仔細聽來，那聲音又像是在勸慰他似的，說他已盡力而為了。聲音從天上傳來，是那麼的不清楚不真切。人聲混合著空氣流動的聲音，以及機場裡播放的柔和的背景音樂聲，一浪一浪地湧上來，將男人淹沒在聲浪裡，似乎要填滿他心中的深淵溝壑似的。

對於總是沉默無言的妻子，他早已不再期望什麼了。而如今他想到女兒離婚這麼一件大事，也不把緣由向他道明白。他那張老淚縱橫的臉，面對這個狠心的二女兒，他心裡又疼又氣又歎。疼的是女兒命苦，遇人不淑；氣的是女兒妻子都再也無法和他交心；歎的是他突然發覺，他和他的家國都要成為過去了。

還是慧珍最能狠下心腸來，她紅著眼睛深吸了一口氣，上前淺淺地擁抱了一下父親和母親，轉過身，頭也不回地離開。男人和女人用目光緊隨著慧珍遠去的背影，直至它消失在人群中。

此時女人呆滯的眼神裡猛地躥出一絲靈光，她一聲驚歎道：「呀！」男人隨著這聲驚歎，緩緩地背過身去，長長地舒了一口氣。

機場大螢幕上的新聞報導，新加坡民眾抗議克拉運河開通，走上街頭，中新斷交。

9

三代（下）

慧珠總是抱怨波城冬季漫長寒冷，給人一種錯覺，似乎一年五六個月，時間便停留至此不前。空氣乾燥，所有關節和筋骨裡的水氣都逐漸失散。骨頭成為木質的家私一樣，極度脆弱，容易龜裂。而木質的裂紋還在表面，仔細端詳起來尚能察覺，就可以用油去補潤它。而骨頭的龜裂，卻深深地埋在身體裡面，被一層層的血肉包裹著。身體內部的脆弱，叫人何以知曉？

而蹊蹺的是妹妹慧珍從獅城搬來波城的第一年便是晚冬。慧珍盼雪，等了好久，可天公一直不作美，氣溫一直不肯降下來。耶誕節前夕，氣溫居然回升到將近七十度，唬弄得街上的幾株林檎都發了芽，更有西人居然穿起背心在河岸遛起狗來。慧珍站在窗後見了，心忖：春捂秋凍，人隨時轉，可總要循序漸進，這些西人又哪裡會明白？

熱帶的人總是期盼一片銀裝素裹的雪景，而寒帶的人卻又希冀著熱帶島國的璀璨千陽，可若各自真是得到了各自的期望，卻又不稀罕了。人心總是如此矛盾，而矛盾裡又總是隱匿了什麼不可觸及難以名狀的情懷，待人發覺。這道理，慧珍明瞭，只可惜她說不出來，她的唇舌和這份情懷是有些格格不入的。

就這樣一直捱過了雨水，曉不得，竟來了第一場雪！

波城之冬，過了五點就入夜，今年的第一場雪就在那時飄飄灑灑地舞起來。這時，姊姊慧珠剛好在外赴約，慧珍一人站在後灣公寓四樓的窗前，看雪落看得出了神。待回過神來，早已天地清白。她心裡一喜，披上玄色的呢大衣，穿上玄色的羊皮靴，走出門去。

雪花翦翦飛舞，天上撏綿扯絮一般。慧珍圍一條直垂到膝的絳紅色喀什米爾圍巾，順著查理斯河畔，踏雪而行。她也並非要去哪裡，只因一時興起，便想到這銀白世界裡去。路上空無一人，唯有女子身影踽踽獨行，隱入一片回風舞雪的白夜。

河岸路燈為她沿路打光，一圈一圈沿著河岸排開，恍若燈花綻放。但凡是闖入光暈中的一切皆依稀可辨。飄飄然的是飛雪，玄衣緊裹的是身段。絳紅的圍巾襯著白雪悠悠飛揚翻動著，好似一抹瑰麗的色流，還未來得及和夜色調和，便倏爾暈開。這黑、白、紅三色之間又皴擦出幾分不期然的憂傷，看了叫人心裡竄出一股蕭疏的哀苦，隱隱作痛。燈光下，河岸上，慧珍的身影倏爾遁入夜幕裡，倏爾又襯著那白幕景、頂著那路燈光顯現出來，明滅悲喜，有些往事也於她心海上浮沉。

晚冬一過，慧珍搬來美國就算一年了，回首島國的舊事，歷歷在目。這一年裡，她左思右想也終沒有弄明白，為什麼才結婚兩個月的丈夫會背叛自己？

＊

Chris是英國人，大三那年來美交換，也在慧珍就讀的那所常春藤名校。但凡劍橋學子多有一番溫文雅致的風骨，人在絕國異域，也不用刻意彰顯，舉手投足間就自有一種與眾不同的風情。

那年仲夏，慧珍和友人站在草木葳蕤的校院子裡，見到朋友圈中的男孩。她看他，看那一頭暗金色軟髮，一縷縷地被陽光漸次漂洗直至通透明亮；看他那一雙湛藍眼眸，將那一院的大好天光都收入其中。她心中暗自忖度，這人的氣韻是她在獅城和美國都不曾遇過的，定是藏在英國劍橋校園栗子樹的花穗裡的，躲在開天窗的維多利亞風的山型牆中的，附在穹頂小圓屋中的那一頂銅鐘上的。她聽Chris的發音吐字中皆有一種說不出的真切，字字都不是對她說的，可字字卻又恰似為她而說的。那聲音必然是要在英國百年名校那一種幽幽的寂靜中才能被襯托出來，那寂靜是這裡得不到的，也是因為有了它才給了他的聲音一種平實的底蘊，也給了他的笑聲一種朗朗的鳴響。

慧珍素來是個心性極高的人，即使心裡喜歡，也定不會先表露出來。她明白自己的好姿色，在第一次見到Chris之後，就知道他也是傾心於她的。可是年輕人的感情，總是有一些游移。二人心性都未定，撲朔迷離，讓人有些捉摸不定。其實也並非刻意如此，只是因為自己的心裡也不大明瞭，到底傾心與否，像是一場遊戲：他拍拍她的肩，她卻沉默著。一轉身，走了，她又回頭叫住；他和別的女孩子說話了親暱了，她就視而不見，等到他再來找她的時候，再發難懲罰他；這懲罰不是那懲罰，終究是小打小鬧的，終究是互相試探的；試探歸試探，傲慢歸傲慢，最終還是黃鷹抓住鴿子的腳，是難分難解的。

慧珍單身已久，追她的男生排長龍。可她挑來揀去，也未遇到一個稱心如意的。朋友都說她挑剔，慧珍自己何嘗不知道，可她自小就從母親那裡學來一種決絕的態度，萬事中都不可有「將就」二字。與其悻悻地愛著，毋寧獨自生活。她向來行事都只取兩頭的極端，不要中間。

然而就是這樣的人，不愛則已，一旦愛上了，那就是認定了的死心塌地，眼裡心裡再也容不下別人了。可慧珍不明白，她是如此，而他卻不然，是個過客，而非歸人。再加上這也是他第一次在異國旅居，自然是要廣交朋友，這朋友裡也有那朋友。於是就產生了一種威脅與不公，可也說不準到底是誰對誰的。

聰明且心性高的女人，往往小氣。這小氣的根本是個「忌」字，「心」上托著一個自「己」。不懂這「心」的人，自然要責備慧珍遇事太以自我為中心了，殊不知這「己」不是那「己」，裡面早已有了一份「無我原非你」的不離不棄。所以是一顆心，卻托了兩個人，自然是要受累的。

慧珍哭也哭了，鬧也鬧了，分分合合地還是離不開他。而Chris呢？雖說向來有拈花惹草之嫌，可也只怪生來是個多情胚子，見了好的都愛，個個愛的他又都真心相待。他的愛並非取了東牆補西牆，而是有海納百川的能量。之所以能夠如此，只因他心裡無邪，生活上無憂，從而在情感上無賴。慧珍這次是真的被他降住了。

*

他畢業後在倫敦的一所跨國顧問公司覓得一份好差事。一年後，等她畢業回新，他也調來。雖說兩人感情向來並非一帆風順，但終究在一起許久，遂返新一年以後，便喜結連理。她很快就有了身孕，本來以為有了孩子就能讓他收心，可事與願違。

那日慧珍請莉莉來家中聚餐。莉莉是慧珍的閨密，先生還是Chris在國際顧問公司的上司，慧珍對於莉莉從來沒有半點的防備。可說來也是蹊蹺，聚餐時，慧珍偶然瞥到丈夫在桌子底下和莉莉牽手蹭腳。若不是那時她顧及肚裡胎兒，若不是她多少也是見過世面有些涵養的女人，慧珍恨不得當面掀桌子，一口啐在他們臉上。可她最終還是將那股直逼腦門心的怒氣硬生生地壓下去。她只佯裝訕笑吃飯，眼淚混著飯粒直往肚子裡滾。從大學到現在，那些所有在和Chris曖昧過的女人臉孔，霎時間撞擊著慧珍的腦門，讓她當下就鐵了心：我受夠了！

第二天，慧珍就開始聯絡在美國波士頓的姊姊慧珠，說要搬過來。為了孩子，慧珍儘量不去想丈夫在自己懷孕期間出軌的事情，可孩子最終還是早產了。

記得當她從護士手上接過產兒，她怎麼也不能相信，這東西竟是從她身體裡掉出來的一塊肉。那初為人母的悲天憫人之情、仁慈溺愛之意，她半點也感覺不到。她抱著它，像是抱著一個怪物，一個恥辱，一個陪葬品。她看見女嬰頭上那幾撮亞麻色的胎毛，淺棕色的瞳仁，就覺得這孩子命裡帶來些邪氣，這輩子不是要自己受苦，就是要苦別人。「把她拿走吧……」慧珍躺在產床上有氣無力地向護士懇求道：「快些把她拿走吧……讓我休息一下。」

出國事宜她很快安排妥當，還成功地在波城附近一間大學找到了一個行政主管的職務。慧珍一直等到網路面試順利地通過，工作簽證都辦理好了之後，才和丈夫攤牌。起先Chris自然矢口否認，辯解道：「慧珍，是妳看錯了呀。這怎麼可能？我怎麼可能跟莉莉發生關係？」

她聽了，只沉默不語，狠狠地盯著丈夫那雙深邃的眼眸子。丈夫有色虹膜上的那些分明的線條，似乎是用狼毫細細描出，那些赭石、墨綠和群青都是一些蠱惑人心的顏色。更不用說他上唇薄如刀片，盡是世間薄情男子之貌。父親也曾告誡她丈夫面相不好，可熱戀中的她哪裡聽得進去，她打趣地回父親說：「面相學只有對華人有用，白人是不信這一套的。」如今回想起來，她倒是有些悔恨。可轉念又想校園初見，讓自己神魂顛倒的，不也正是因為這雙色目、這張薄唇嗎？

她看著他，萬念俱灰懶於爭辯，只是默默的轉過身去，拿出一個牛皮紙大資料夾，將裡面的照片和帳單抽出來，理好了，一一攤開。原來她聘請的私家偵探早就在她待產期間把丈夫和莉莉的開房紀錄、餐廳帳單以及偷情照片調查得鉅細靡遺。一份自己留著以備當下對峙，另一份在今早已遣人送去了莉莉家。

慧珍淡定地說：「實龍崗花園的排屋歸我，女兒……也歸我，可每月生活費你付，外加兩百萬新幣算是我的精神損失費。」她開出的條件，並非每個人都能答應得下來的，對她來說，哪怕是讓丈夫傾家蕩產，都還不起他從大三那年就欠下的情債。再說她知道身為資深投資顧問的丈夫，自從從倫敦的總部調到新加坡後，就負責公司在整個東南亞的擴展，他現在有的是錢，少的是心。

＊

「慧珍，妳這是何苦呢？」姊姊慧珠在電話的那頭安慰她說，「夫妻之間總是好商量的，妳這樣一點機會也不給Chris，把事情做得這麼絕，那是一點兒挽回的餘地都沒有的呀！」

「姊，沒有什麼值得挽回的。他愛我，或者不愛我。這是一件簡單得不能再簡單的事情了。不是愛，就是恨。不是忠貞，就是背叛。妳這一輩子，就是委曲求全，一讓再讓，才會……」慧珍知道自己說急了，忙住了嘴，有些不好意思起來。

電話那頭的慧珠也有些赧然，往事難忘，姊妹之命莫過於並蒂蓮花。

姊妹倆從小一塊兒長大，要強，是她們的母親一手調教出來的。唯有在感情上，兩人處處碰壁，總是遇人不淑。雖然花葉相望，但也愛莫能助。慧珠心想，生活莫非也就是如此，人來人去，來往之間得了些什麼，失了些什麼，不可細算，可大體上感覺，還是得少失多。於是人心世故，眼神練達，言語裡也就能不經意地點破那麼一點滄桑了。

「也罷。妳自己的事情，自己斟酌著辦。妳向來比姊有出息。那邊的事情，妳就放心地去做。這裡，我會幫妳安頓的。」慧珠頓了頓，改用華文語重心長地說道，「可是妹妹，姊姊最後勸妳一句話……妳怎麼對他，我不在乎，只是不要對自己太狠心了。女人，不可太逞性。」

慧珍聽了這話後一言不發。慧珠連忙改口用英文轉變話題，問：「那，爸媽那邊，妳告訴他們了嗎？」

「還沒有。我現在腦子裡也很亂，也不知道要怎麼把這件事情跟他們交代清楚。爸問了幾次，我都隨便地搪塞過去了。不如我先過來，等安頓好了之後，再跟他們細說也不遲？」

「那也好。可是還是要儘快跟他們交代清楚才是。畢竟孩子是妳要的，如今也是妳自己不要帶過來的。他們為妳帶孩子，雖說也毫無怨言，可再怎麼說妳也應該給他們一個合理的解釋。」

是啊，慧珍自己也無法解釋，自己明明是不喜歡這個孩子的，卻又要留她在身邊，而不交給Chris呢？她在，就多了個累贅，可這又是無法割捨的。

「這件事情上，妳一定要聽姊的。我當初和那個沒心沒肺的離婚，之所以那麼果斷，還不是因為我跟他膝下沒有小孩。而妳跟Chris的情況不一樣，凡事都要從孩子的角度多多考慮才是。」慧珠語重心長地囑咐著。

「要不然，妳就叫他們搬去實龍崗的那棟洋房裡住，再給他們請個女傭，就跟以前我們小時候在武吉知馬的那棟房子住的時候一樣，不算犒勞他們也算是盡孝了吧。我想媽應該會喜歡的。阿嬤留下來的這間在中峇魯的老厝，好是好的，可畢竟有點寒酸。雖說我們兩個如今都是下堂妻，可家境這些年也算是殷實，一棟洋房我們還是能夠支付的。」

「姊，妳說的這些，我怎麼沒有想到？我早就跟爸提起過這件事了。就拿搬遷的事情來說，我好心跟他們提，爸反倒說過去的事情都已經過去了，要想重新再來一次，也沒那個心境了。如今他們已經在中峇魯住了這麼多年，左鄰右舍也都能有個照應。如今巴巴地搬去那個人生地不熟的實龍崗花園，也未必見得好。妳雖然走了這麼多年，也不是不知道，媽這幾年安靜得厲害，我和爸真不明白她心裡到底在想什麼。當初金融危機後，爸賣掉洋房辭退女傭，鬧得最厲害的還不是她。如今有了這個機會再過一次以前風光派頭的太太日子，她反倒不表態了。」

慧珠用心地聽著，也不說什麼，似乎自有所思，沉默了片刻回道：「好的，我知道了。那就隨他們的意吧。」

*

轉眼又是一年，今年的冬季，來得晚去得更晚。時過春分，竟然還落了最後的一場雪。前年的冬季，慧珍還一心盼著雪，如今她再也不想過冬了，一心只盼春天。因為期盼既有憧憬又有煩惱，倘若是在熱帶島嶼，一年一季的永夏，永遠不會因為四季的變遷而煩心。

日影一天天地縮短，天光一日日的漸長。火炬漆磗紅色的果穗在枝頭燃了一個冬季，如今也都不那麼乾淨討喜了。春天真真不是等來的，它是盼來的。等是一種姿態，是有些傲嬌的，好像春天是理所當然會來的。而盼，卻秉持著一種更為急切的情懷，是用眼睛去尋找用心去體會的迫不及待的真切。

兩年歲月，靜好無憂。姊姊慧珠已經再嫁了，還搬去了紐約和新任丈夫住，便把波士頓後灣的公寓留給了妹妹照看。姊姊時常致電來和她談天，從姊姊的話中慧珍知道她的第二次婚姻很是美滿，也就放了心，獨居在這小窩裡，看日子和在春雪裡化了，隨著查理斯河水向東逝去。

這間公寓坐落在一棟有英式維多利亞風的排屋的頂樓，採光極好。排屋外牆那赭石色的砂岩磚牆裡泛著一絲朱砂紅，配上那玄色的窗框和上下推拉窗，顯得好生的洋氣。這樣的公寓沿著後灣一帶筆直排開，時常讓慧珠想起島上那些南洋店屋。二者無非是在漆色和雕花上有些區別，給人的感覺都是一種久遠且頑強的殖民風情。

雖然是在波城最為繁華的地段，可公寓樓坐落在後街，面朝查理斯河，鬧中也能取靜。慧珍站在窗前，回想著今年冬天窗前的落雪，而如今眼前已經是另一番景色。

黃水仙開了，風信子開了，三色菫也開了。春雨淅淅瀝瀝地從瓦灰瓦灰的天上降下來，乾燥了一冬的空氣，便也隨著那些查理斯河畔才吐淺綠、絲若垂金的柳樹潤澤了起來。天光還是昔日的天光，日影還是昔日的日影，為什麼慧珍如今的心境卻大有不同了呢？

她心想，春天不是風吹來的，也不是燕子運來的，而是從地上長起來的。那地裡早已醞釀了一股暖氣，這氣因感獲時運而升了起來，不僅竄到了樹梢，也竄入了人心，好像勢必要將一切冰封都消融似的。

慧珍對姊夫的家事，不大清楚，只曉得他是個住在紐約的華人醫生。祖籍原是上海，一九三二年後舉家遷到了香港。八四年後，又移民來了美國。聽說還是在民國上海的時候，姊夫家就是有頭臉的大家庭，雖然是為了躲避戰禍，也算是體體面面地遷到香港。後來又搬來紐約，雖然家道再也不比在滬時那般顯赫，可在紐約的華社中，也是多少有些聲望的。

慧珍感到欣慰，姊妹倆如今至少有一人能有個好的歸屬，也算是對在獅城的父母有個交代。這幾年，慧珍時常忖度到底是什麼原因導致了自己婚姻的失敗，她最後篤定還是嫁給華人好，黃皮膚黑頭髮的人無論如何都是重感情的。以前爸媽也總是告誡姊妹兩人找老公國際身分不重要，最重要的是要是華人。即使文化背景或家世再怎樣的和他們不同，只要是華人，總是好說話的。那時姊妹兩人哪裡肯聽這般可笑的勸話？可如今的慧珍，也覺得那話中似乎也並非毫無道理。

慧珍閒時翻閱譯成英文的中國文學，暗忖為何書中人的感情如此的細膩，如沙如泥，一把抓起來，是柔軟的，在兩指間揉搓起來，又是堅硬且有質地的。抓緊了，它就流走了。捧起來，它又被風吹散了。鋪在腳邊上，細細的一層，什麼都蓋不住。積在心窩裡，再多的祕密也是能埋起來的。這樣的情，說不清道不明，是唯有意會不可言傳的。它不但叫人說不出來，也叫人不想說出來的，生怕一不小心說破了，反倒是像貶低了它似的。她發覺其實自己再怎樣西化，對待感情的方式終究是極為「傳統的」。所以她的情，是不是也硬是要另一個黃皮膚黑眼睛的人來領呢？只可惜慧珍這一輩子就從來沒有愛上過一個那樣的人，她的心總是被不一樣的顏色所魅惑著，她的舌尖總是被一些羅馬字母的發音羈絆著。

慧珍真的不明白，她和姊姊一樣從小就是讀英校長大，又是在美國讀本科，自己連華語都從來沒有說清楚過，可對待感情的方式怎麼就還是這般的「傳統」呢？雖然如今有這樣的體悟，也算是後知後覺了，可她有時真的後悔自己沒有像姊姊一樣在中學時修讀高級華文。

她想自己婚姻的失敗，是否應該將其歸結到自己愛上了一個金髮碧眼的英國男人上面呢？或者是歸結到她不會說華文的這一點上？這樣的判斷未免過於荒唐了一點。可英國人和中國人一樣不都是重感情的嗎？不都是什麼都是「一切盡在不言中」的嗎？為什麼丈夫還是會這麼不懂她的那顆心呢？想到這裡慧珍自己都覺得好笑。

*

人過中年，流寓在外，總有鄉愁。可兩年內，慧珍從未回去探親。她依舊躲避著那座熱帶的島嶼，如躲避一場瘟疫。這並非是因為她對於父母毫無牽掛，只是當她每每想到那島上還有一個從她身體裡落下來的小怪物，正在日日茁壯成長著，就倍感不安。

雖然父親時常致電來叫慧珍回國看看，順道探望自己的女兒，可她都一一回絕了。為了避免見到女兒，她連視頻電話都拒絕打給父母，一切都只是通過傳統的電話溝通。但凡她在聽筒這頭聽到嬰兒的哭喊，便會心驚肉跳。

「慧珍啊，我寄去的照片妳收到了吧？妳看妳的女兒都這麼大了。妳還是回來看看她吧。」父親在電話那頭苦口婆心地懇求道。

「爸，我不都說過了嘛。我這裡很忙，沒時間。等我有空，就回來。」

「都兩年了，妳再不回來，等她長了記性，怕她以後就認不得妳是她媽了。再說，妳不回來看看她，回來看看我們也好。慧珠在這邊舉辦婚禮的時候，妳怎麼就沒回來？」

「爸，不是都說了嘛。我真的很忙。」如此藉口，慧珍自己聽起來都覺得有些牽強。

「慧珍，妳別這麼逞性。妳和Chris之間到底發生了什麼事，妳到現在也沒有給我們一個交代。我知道，妳也這麼大了。妳的事，我們不好插手。可這說到底畢竟是妳的小孩，妳怎麼就這麼狠心呢？」

狠心？是我狠心，還是他狠心呢？他和莉莉……慧珍又回憶起那晚在家裡的情形，一陣怒氣撩動心火。

父親聽慧珍沒有回應，就知道是說中了。畢竟是親生的女兒，哪裡有當父親的不了解女兒的呢？過來人也都是當年的箇中人，父親知道放不下無非是此情未了罷了。

「慧珍呀，妳跟爸爸說，妳是不是心裡放不下他。妳如果對他還有感情，就告訴我。我知道妳從小就性格強，妳如果拿不下臉，對他說不出口，妳就給我說，我來幫妳傳達。妳這樣，不是對他恨，是對妳自己恨！妳這樣不但折磨自己，又連累了孩子，何苦呢？」

我心裡真的放不下他嗎？我真的還愛著他嗎？什麼是愛呢？我要向他低頭嗎？如果他真的在乎我，那麼他就應該主動向我來道歉！為什麼都已經兩年了，還是杳無音訊？

「Chris每個星期都會來看妳的女兒，他對她很好、很關心，我看他也不像是有新的對象的樣子，你要不要考慮……」

「爸！你這說的都是什麼呀！你再胡說我就跟你急了！」慧珍的聲音似乎有些哽咽。聽父親談女兒，慧珍還能應付，可父親提起那個男人，她就怎麼也耐不住性子。雖然嘴上是叫父親住嘴，可心裡又總想知道更多一點關於他的事情。她恨背叛，但更恨自己的軟弱。兩年了，不管從道義上再怎樣地去譴責他，可是感情上她仍然對他是有許多牽掛的。當初聘請私家偵探，毅然決然地提出離婚，是否真的像姊姊所說的那樣，都怪自己太逞性了？

父親聽到女兒這般不聽勸告，也急了，提高了嗓音，直接將了女兒一軍：「慧珍！妳如果真的這麼不想要妳的女兒，為何當初又要苦苦的把她留在身邊呢？」

「我留著她！你問我為什麼留她？我留著她是因為我以為……」一句話未完，慧珍便在電話那邊哽咽起來。她那從兩年前的那一頓晚飯開始噙在心裡的淚水，終於在父親的責備下決堤。從哽咽，到啜泣，最後她終於放聲地嚎啕大哭起來。她放聲地哭，歇斯底里地哭。那些深埋在心裡的關於愛的、恨的、譴責的、不捨的傷痛，都在這一刻迸發出來。因為她知道如果哪怕她還有那麼一日是愛著他的，那她就無論怎樣都不能面對她的女兒。一個做母親的，將自己逼到這樣的絕路上，要在丈夫和女兒之間做出選擇，這還能怪誰呢？

天空中，遠遠的地方，慢慢地傳來一陣滾雷。那麼沉悶，那麼式微，又是那樣的綿長，原來已是驚蟄。

＊

慧珍離開後，這間公寓就空了下來，也沒有再租出去，一切也就原封不動，在時間的瓶上封了條。

一日，慧珠從紐約回來拿一些舊時留下的東西，在化妝臺的抽屜裡，突然翻出一封信，是父親很久前從新加坡寄來給慧珍的。信裡裝著一張照片，慧珠拿著它走到面河的窗前，借著陽光細細端詳。

那是一張父親抱著一個女嬰站在永發街老厝前那棵黃盾柱木下拍的照片。滿樹黃色花海，如同火焰。樹下的父親看著慧珠，一個勁兒地笑，很是安然。照片裡日光如洗，產生一種曝光過度的感覺，讓慧珠頭暈目眩。她拿著照片，感覺似乎真有萬丈光芒從裡面射出來。慧珠將照片翻過來，看見背後從上至下以縱排的形式，寫著極為歪斜趔趄的四個字：

風和日麗

慧珠眼眶一紅，將那字捂在胸口，抬頭恰好看著那查理斯河上掠過一群人字形黑頸大雁，嘴裡輕輕地念道：

妹妹呀，妳到底去了哪裡？

10 重逢

自從哥哥被判死刑之後，伊芳就不再回密蘇里州了。她和兒子一同搬來的時候，兒子常常會因為受不了熱帶的空氣而吵鬧著想回美國。

「你要真的想回去，就滾吧。」她有時會真的無法忍受而說出這樣負氣的話。「你可以滾回去找你的舅舅，然後跟他一起在監獄裡生活。」

可是，每次在聽到母親惡語相向之後，兒子布萊恩總是用沉默以對。沉默是布萊恩的武器，每次都會使伊芳頓時心軟下來。於是，她會走過來抱著愈發健壯且呈現出少年體格的兒子不斷地向他請求原諒。這一個多麼善良的孩子呀，她想。可是，當下一次碰到同樣煩心的事情，伊芳又會以相同惡毒的方式咒罵這個善良的人。

她如同所有母親愛著自己的兒子一樣地愛著布萊恩，可也同時厭恨著他。因為從布萊恩的身上，她看到了丈夫和哥哥的影子。兩個拋棄了她的男人竟然在她的兒子身上完美重疊。伊芳是移民到美國的第二代新加坡華裔，但是兒子布萊恩卻遺傳了他父親那高加索人種所特有的立體的輪廓，而他黑色頭髮的柔軟質地以及棕色虹膜上的黑色紋路又總是讓伊芳想起她的哥哥。伊芳認為這是神對她的懲罰，所以週末禮拜的時候她總是更加虔誠地懺悔。雖然人間世事，歷歷天數，但至於到底需要懺悔的是什麼，她自己卻道不明白。

她的心長長久久地被一種深沉的負罪感籠罩著，以至於不管她做什麼總是錯。而不管她如何清晰地意識到自己的錯誤，她下次還會重蹈覆轍。她就是這樣一個矛盾得無可救藥的女人。

*

「舅舅的行刑日期就要到了。是下個月。我們回去嗎？」一天黃昏，當陽光以四十五度的斜角射進陽臺的時候，布萊恩突然對伊芳說道。

說真的，雖然伊芳也一直惦記著這件事情，但是當她聽到兒子的提議，還是心裡一驚。畢竟她沒有想到兒子會把這件事情記得這麼清楚。畢竟他們離開美國都已經五年了。

「你真的要回去嗎？我是說去看他們怎樣處死他？」

「為什麼不？再怎麼說他也算是家人。」然而布萊恩清楚地知道，他和舅舅的關係向來不算親密，所以對他的死，他是可以無動於衷的。他只是對行刑和死囚這些字眼感到好奇。他認為這是一件很有意思的事情，也是一生中一場奇特的際遇，機遇難得，僅此而已。

像是某種獸的眼神，因為心不在焉，反而目目都藏凶心。

然而對於伊芳來說，她一方面有些顧忌兒子能否在這樣的年齡面對死刑，另一方面要她親眼目睹哥哥的死，即使對她這樣一個被生活磨礪多年的女人也是難以接受的。她想起小時候，父親在餐廳倒閉後便長期酗酒。他的呼吸裡一半是劣質的酒氣，一半是炒雜碎的油煙味。那日清晨，他喝得酩酊大醉踉蹌地試圖爬上公寓的樓梯，結果一不小心滾了下去。他就這樣以倒栽蔥的姿勢一頭栽在那個骯髒且充滿尿騷味的樓道裡，那是連野狗也都不會休憩的地方。他跌破了頭、鼻子和嘴唇。從他的身體裡流出新鮮和暗紅的血液，這些血混合著別人的尿液在那個甬道裡製造出一種奇特的氣味，那是死亡的氣味。當被人發現的時候，父親已經斷了氣。

從那以後母親就變得更為惡毒起來，她是一個如此猥瑣且無能的女人。在家裡的雙喜餐廳生意還算不錯的時候，母親就痛恨父親帶著他們一家移民的決定。她總是說自己要回去，回新加坡，和那些有錢的娘惹太太們去唐林俱樂部或梁木酒店喝下午茶。她用伊芳和哥哥都不大聽得懂的福建話詛咒這間破餐廳和父親做出來的讓人倒胃的中國菜，這些噁心的東西若是在新加坡連狗都不會吃的，可是這些美國人竟然這麼喜歡。她就是這樣一個一直活在「有一天我會回去」的臆想中的女人，直到丈夫死去，才完完全全葬送了她的願望。

母親突然意識到自己其實毫無後路可退。因為當初她是和父親私奔跑出來的。她驕傲，她目中無人，她不回去，她留下來，她用她的存在來懲罰兒女。於是，母親變本加厲地咒罵伊芳和她的哥哥，說他們和他們的混蛋父親一樣沒有出息。為了確保她的兩個孽種能夠聽懂她咒罵的是什麼，她就用蹩腳的英文罵他們。當她真的沒有辦法的時候，就又會換回夾雜著馬來詞彙的福建話，那種只有在她老家檳城的娘惹們才會說的奇怪的語言。都是因為孩子們讓她淪落到清潔女傭的下場！母親將她對無能丈夫的恨一併發洩到她的孩子身上。那是一種無以復加的折磨。

有一天，母親在酒精和藥物的迷幻作用下，因為伊芳沒有在放學的路上買回馬鈴薯，而開始發狂地咒罵她：「妳這個賤貨！叫妳買的東西妳買到哪裡去了？我知道妳又和男人出去了，是不是？」

母親眼神渙散，而且牙齒因為吸食冰毒已所剩無幾。從她的那張嘴裡散發出屍體腐爛的味道。人和蔬果一樣，都是先從裡面開始爛的。可是她清楚的了解並感覺到自己開始腐朽的身體，因為羞恥，她對年輕的女兒更是仇恨。

「妳的下面早就被肏大了！妳以為我不知道妳整天不回家的原因。妳喜歡被人肏的感覺，是不是！妳告訴我，妳是更喜歡他們進前面的洞還是後面的洞？哪個比較緊一點？」母親頓了頓，她似乎突然意識到剛才自己描述的畫面如果真的發生在自己的女兒身上，那應是多麼的荒謬，她竟然開心地大笑起來。

伊芳看到雙肩不斷抽搐扭曲變形的母親身後的臥室的門，那是通往另外一個世界的入口，把母親帶入只屬於她的四處陳列著為吸食毒品所用的玻璃器皿的臥室。那是母親的水晶宮，而她是那條魚尾潰爛的人魚皇后。

伊芳再也無法承受一個母親對女兒如此地辱罵。她為母親感到羞恥，也為自己。她是多麼的無地自容，而好在有哥哥站在一旁，所以母親不至於對她動粗。然而如果哥哥不在的時候呢？哥哥不可能永遠站在她的身邊。這樣的念頭嚇壞了伊芳，她用英文回擊道：

「我受夠了！妳這個老巫婆！妳應該去死！被火活活地燒死！妳應該下地獄！妳永遠也別想再指望我什麼了！」伊芳掉頭飛速地衝出家門向樓下奔去，她在那一刻已經決定了把所有的過去都留在那個充滿著仇恨的家裡，她要一走了之，永不回頭。她穿越那陰暗且充滿尿液、血、酒精、炒雜碎和死亡氣息的樓道。她甚至在父親死去的那個轉角處都沒有停下來。可是，在她剛跑到一層樓的時候。她感覺自己的手臂一把被一個強健的手掌緊緊地握住。那手握得那麼用力，好像會將她的骨頭捏碎掉。就在她還來不及叫出「放開我」的時候，她被用力地往回一扯，然後突然聞到一股熟悉的味道且感到自己的臉被按在一個有著強烈心臟搏動的胸膛上。

「不要走！不要留下我一個人和她在一起！」

*

布萊恩和母親準時出現在行刑的地方。他們被帶進一個等候室，有白色的牆。在一排碩大的玻璃窗前擺放著一排有著高級黑色皮墊的椅子。布萊恩覺得這就像是在新加坡一些銀行裡看到的那種由義大利設計師設計的椅子一樣。可是他覺得自己想得太多了，這裡是密蘇里，美國人是不會在一個注射死刑行刑的地方用這樣高檔的家私的，那可都是納稅人的錢。

這個房間讓他產生著一種奇特的感覺，如同在醫院，只是這裡沒有醫生，這裡的人不救人，他們殺人。布萊恩很想知道玻璃後面是什麼，可是因為那被拉上的灰色窗簾將眼前應該存在的另一個空間遮蔽得嚴嚴實實，他什麼也看不到。只是聽到有些聲音窸窸窣窣地從後面傳出來。房間不是應該隔音的嗎？這所有即將發生的一切都讓布萊恩又恐懼又好奇。他的身體被一種前所未有的匪夷所思感籠罩著，不禁微微地顫抖起來。

又有兩個老夫婦被帶了進來，從他們的穿著打扮，可以看出是美國典型的中產階級。布萊恩感到困惑，因為他完全不明白這對夫婦和他們有什麼聯繫，為什麼要來看他舅舅的處決？他確信自己從來沒有見過他們。他們慢慢走來站到母親身邊，什麼也沒說，只是互相點了個頭。他隱約感覺母親和他們是認識的。

當窗簾被拉開，那原本神祕的事物突然被赤裸裸地呈現在眼前。他有些措手不及，呼吸變得急促而不均勻。他看見自己的舅舅已經被端正地綁在粉綠色的行刑床上。他的兩隻手臂張開來，前臂靠近手腕的一端綁著一根黑色的固定帶。舅舅的腳和身體被五條比安全帶還要寬的帶子牢牢地捆在床上，只有頭可以移動，好像耶穌受難的姿勢。旁邊兩個藥劑師正在忙著準備藥劑。舅舅的右臂靜脈處已經被插上了一根透明的輸液管，管子的另一頭連接著被高高吊起的液體袋。如果不是因為他身上被捆綁的帶子看來確實蹊蹺，布萊恩反而會以為他的舅舅是在重症病房接受治療或在急診室接受搶救。心跳模擬器上的心電圖和牆上掛著的鐘形成統一且和諧的節拍。當秒針每走一格，綠色顯示器上就會出現一個或兩個波幅。那是何等美妙的一致性。

舅舅微微地支起頭，看著母親。布萊恩並不能從他的臉上察覺出絲毫恐懼的遺痕，那是一張幾乎不會記錄感情的純正華裔的面孔。所有華裔的臉和他們的內心一樣，都是扁平且二維的，布萊恩這樣想著。而母親也沒有過多不必要的舉動，只是和布萊恩一樣急促地呼吸著，看著鏡子那頭的男人。他原以為舅舅或者母親會有更為歇斯底里的反應，然而當他發覺他們如此鎮靜後，布萊恩覺得這使得事件的精采程度大打了折扣。正當他因此感覺有些失望的時候，他聽到母親向身後的執行官提出了最後的請求：

「我想過去抱抱他。」

「真抱歉女士，這是不被允許的。」執行官冷冷地回答。

「你說什麼？怎麼可能？他可是我的哥哥呀！」母親完全無法相信執行官竟然會否決這樣一個毫不過分的合理請求，「他可是我即將被處死的哥哥呀！這是我唯一的請求！」

「真抱歉，在密蘇里州，家屬在行刑前是不能和死囚有任何身體上的接觸的。於此，我也無能為力。」

布萊恩在一旁觀察著母親的面部最細微的變化，希望能夠捕捉到她崩潰前的徵兆，他甚至已經在心中為母親設計好了最完美的臺詞和情感基調，他認為她這時應該在內心深處怨恨孕育了她成長的這片不近人情的北美大地，她也應該在發出一聲悽慘的哀嚎之後，撲到布萊恩的懷裡嚎啕大哭，並不住地在半癲狂的狀態下反覆自語：「你們怎麼可以這樣？怎麼可以！」

然而母親唯有點頭不語，目光澄澄，注視著刑床上的死囚。生死之感，原來也可以這樣正氣凜然。這時行刑室裡的舅舅也止不住地流起淚來。

布萊恩心中一震又是一喜，他終於弄明白原來刑房不是隔音的！

*

後來，當伊芳在鄰居五腳基前花園的那架剛刷了綠漆的鐵秋千上回想此事，或許是因為日光太過明媚而斑駁了記憶，她怎麼也記不清楚了。而事實的經過其實是這樣的：

伊芳依稀地聽到哥哥在房間的那頭說著什麼。哥哥好像是在向兩位年邁的老人道歉，並說他為他的所作所為誠心地悔過。他為自己剝奪了的那個少年的生命而感到深沉的愧疚。他說不過很快的，他就不再需要感到愧疚了。因為他能夠以一種讓大家都滿意的方式償還他的罪孽。之後，哥哥慢慢地將目光移到伊芳身上。在他們目光交會的一剎那，伊芳突然感覺有一隻手緊緊地掐著自己的喉頭，她痛苦地幾乎窒息。哥哥沒有對她說什麼。他只是忽然將頭往後一仰，高聲地喊道：

「雙喜！」

之後就什麼也沒說了，他只是躺在那裡，眼睛直直地瞪著天花板用力大口大口地呼吸著，好似被困在一艘正在下沉的船艙裡，艙裡擠滿了渡海謀生的人。而伊芳再也忍不住，她將雙手、胸脯和鼻尖貼在玻璃牆上，靜靜地流淚。

藥劑師按照行刑官的指示，將三管不同的藥物先後注入液體袋下面的管子裡。不同顏色的藥液順著那透明的輸液管平滑地降落下來。

第一管，她看到哥哥的眼皮在快速地扇動了幾下之後，便合上，他似乎深沉地落入夢裡；第二管，她看到他的胸膛很均勻的從上下起伏到完全沒有動靜；第三管，她感受到自己的心臟突然一陣刺痛，幾乎當場暈厥到底，她知道他的心臟在那一刻應該停止了跳動。心跳模擬器上拉出一條長長的直線。伊芳用模糊的視線，鑒證了這亦真亦幻的全部，她甚至不敢確定哥哥是否真的死去。

注射停止十分鐘以後，檢察官才正式宣布了哥哥的死亡。

*

在死亡進行的十分鐘裡，舅舅到底經歷了什麼呢？

當布萊恩跟隨母親回到島國的時候，他又再次無法自拔地陷入了一種深沉的倦怠之中。那麼炎熱的氣溫，包裹著如此密實的水氣，他的每一次呼吸都困難且乏味。在回來後的一段時間，母親突然變得和善，也不再像以前那樣地辱罵他。這讓布萊恩感到很欣喜。不過這點小小的變化不足以與永夏的倦怠抗衡，布萊恩很快就對這種一切恢復原狀的生活產生厭惡。

就在百無聊賴的時候，他發現隔壁新搬來了一個短髮華裔婦女，聽說是一個從北京搬回來的棄婦。他想，啊，她或許會是一個有意思的女人吧。而幾乎就在他產生窺探這個中年單身女人的私生活的想法的同一天，母親又再次開始和他惡語相向了。

而他依舊沉默以對。他想總有一天，母親會帶他回美國的。

11

北歸記

無需喊叫，雁呀不論你飛到哪裡，都是同樣的浮世。

——小林一茶

記得他是在門前那棵鳳凰木於徹夜之間頓時綻放出如火焰一般鮮紅花朵的季節離開那座南方島嶼。

次日，當澤凱抵達這個被他的祖輩們稱為帝都的城市後，他那身體裡積蓄了多年的溫暖且如潮汐一般的氣息，便續續不斷地散發出來。以至於當他漫遊在這座碩大的都城裡時，人們立馬就嗅到了，一個異邦人的氣味。嗅覺總是敏銳且充滿了本能的警醒，而眼睛看見的卻不見得誠實。

他體內那麼多氤氳潤澤的水氣，就跟百年前的巫族土著一樣，彷彿都是在蕉風椰雨裡用從漢人手中奪來的瓷罐，一點一點的積累而來的。如今這水氣卻在這個年輕的身體裡恣意地散發出來。在這個乾燥且充斥著黃土和邪風的北方大陸，他是如此的格格不入。他有和他們一樣黑且細幼的毛髮，和他們一樣琥珀或深褐的瞳眸，然而他們的臉卻有所相異。他們的臉是稜角分明的，是絲毫的鋒芒都藏不住的，那鋒芒既可以是收斂著包裹在裡面的，也可以是咄咄逼人地顯露在外面的。臉都是華人的臉，若是在一個「紅毛」（聽說這裡是叫「老外」）看來，那是絲毫差別都沒有，反而是自己人，卻偏偏不放過這毫髮的差異，好似這群人生來就只是注重差異，而不看重統一似的。

「小夥子，您不是咱們北京人吧？」他看見計程車司機那一雙被後視鏡框起來的眼睛以一種和善的神態瞥了他一眼後就立刻移開了。

澤凱恭敬且有些吃力地答道：「是的，先生。我不是本地人。」

澤凱雖隨父親的意願念了那所還在英殖民時期就已在島國開設的華校，可在獨立後，學校都改了制，如今也只用英語教學了。所以，他的華文都是從書本裡學來。他聽父親說過凡南洋人講華語，遣詞用句不是太粗俗鄙劣，就是太拘謹刻板，有些馬來話的抑揚頓挫，又有著舊中國的習氣。這習氣至多至少也都是從閩粵一帶的鄉音裡一代代地傳下來的。鄉音雖是土氣了一些，在這國際的大都市裡有些不合時宜，可那音裡卻是承載這南洋生活當今浮華的底蘊。然而當那些如「嚇」、「嚒」和「嘞」一般的語氣助詞要想在這北國的土地上醞釀出一些意思來，那就有些力不從心了。澤凱遂索性就都只用書本上學來的標準華語來說話，於是單就這一問一答之間，雖也沒有幾個字，他那異邦人的身分已暴露無遺。

司機也是六十開外的年紀了，澤凱看著他的側臉，因為朝著正前方，連鼻梁都看不見的，只見得那眼角的魚尾紋斜飛近花白的鬢角。司機想必也是在建國後的亂世中成長起來的，一聽澤凱的用詞和口音，竟然頓時憶起他自己的父輩來，便有些懷舊又有些調侃地道：「喲！您這說的可是幾十年前的……老國語了。」

「老國語……？」澤凱心中暗忖，「有什麼老的呢？」這城對於他來說，是幾百個世紀都過來了，那才是一個「老」字。可他萬萬沒有想到，在這城中人看來，他竟成了上個時代的遺老了！他聽出司機話中詼諧的口氣，又甚覺稀奇，便有些赧然地笑出聲來。「師傅，此話怎講？」

「我小時候是在重慶長大的，家裡親戚都是四川人。有幾個高官的姨太太，沒有隨著國民黨退去臺灣。喲，那兵荒馬亂的，想帶都帶不走呀！國民黨，您知道吧？不，我怎麼能親眼見著呢？我那時還在娘胎裡呢！都是聽人說的……對，那時我還小，可聽那幾個留下來的姨太太說話，就是您這味兒……」這時司機似乎突然想起了什麼，那尾音懶懶地遁了下去，淹沒在空氣裡。澤凱等了半晌也不見他接話，也不好再追問，便把臉轉了過去，看窗外城市裡此起彼伏的高樓，和那樓下偶爾從半遮半掩的在樹梢後探出頭來的飛簷和斗拱，便知道自己卻是在帝都北京了。

計程車沿著北二環一直往西駛去，一直到了安定門東大街下橋，在雍和宮前一右轉，便把青年在和平里西街放下了。青年一落車便看見了地壇的南天門。

一九九〇年X月X日

來中之前，在《上海文學》上讀到一位中國作家發表的散文〈我與地壇〉，感動之餘，倒讓我想起中學時的一位中國老師來。

他姓方，和大多數的南來文人一樣，說話捲著舌頭京味兒十足，他講話的腔對於我們星洲的學生來說很難懂。他幫我們戲劇組導戲。一九五四年，我們中正在維多利亞劇院演了一齣全長超過六個小時的戲，分兩個晚上才演完，劇院上下兩層座無虛席，演的正是巴金的《家》。那麼大的場地，那麼多的演員，再加上劇組工作人員，足足有兩百多位，他都能喝叱得住，硬是把戲給頂下來了。我那時剛好中一，在道具組擔任小蝦米，做布景，沒有跟他有過多的接觸。但進場後的那幾天，他在前臺喝叱演員的聲音，我在地下室裡也依稀聽得見。總之，南來文人都是很厲害的……

澤凱一踏入院裡，便發現這園裡的草木雖然葳蕤但也算不上有什麼特別之處。他只覺得這園子是活的，有人世的生氣，天地都無非只此一處了。園中多為老年人。遛鳥的喜靜，便多在東北角的養生園裡耗著，那長廊正好是納涼消暑的好地方。跳舞的喜動，便無論在園子什麼地方都能把錄音機放起來，人也就跟著舞起來。這些北京大媽個個膘肥身健，手中的扇子玩兒得唰唰地響，象牙白的扇骨被磨得發亮，洋紅的飄頭上有滾了金的，也有嵌了亮片的。舞起來一片紅一片白，好不招搖。

除了這些遛鳥的和跳舞的，在方澤壇和北天門之間那條筆直的幹道上，多有拿著用海綿和掃帚棍自製了巨型毛筆沾了猩紅色小水桶裡的水在那方塊的地磚上揮毫的人。澤凱看那字方方正正四個一行地排下來，一數竟也有五六米了。他走過去瞅著那些中國字，雖然字是方正的可那些繁複的筆畫交織在一起，他大多都不怎麼識得來，竟也覺得有些中規中矩的美。可這美畢竟隔著心，是無法帶來什麼感動的。南洋人的華文，唱的比說的好，說的比認得的多，認得的又比寫的清楚。澤凱看著剛寫好的字跡可現，若是久一點的就淡了下去，再久一點的就遁入土裡了。密密麻麻的字，無頭無尾的，這就是一首殘詩。殘詩是不礙事的，只因這磚這地千百年來都在這裡，似乎是等著人來踏、等著人來寫的。也不知是用了哪朝哪代的土燒成的磚，居然也秉著一點凶心，是懂得食字的。

澤凱一面想著，走過那兩重壇壝跨過兩道櫺星門，便從南邊進到方澤壇裡來。他轉過身看著那赭紅的牆身和通脊頂的黃釉琉璃瓦，自忖，電影裡中國的宮牆不都是高高的嗎？為何單這方澤壇的牆身這麼的矮，矮到連自己的視線也遮不住？他登上壇中的那兩層方臺，便看得更遠了。臺身不高，倒是四平八穩地壓在那磚石的地上，鎮住人的一顆心。

澤凱在臺上朝南坐下，目之所及便是那壇壝上的兩重琉璃瓦，襯著遠處的綠樹。壇裡什麼也沒有，一切都看得那麼了然，這了然的核心裡有個空字。這空字裡藏著的是幾絲寂寥和幾分頹唐。這讓澤凱有些淡淡的傷感。壇裡是如此的安靜，市聲都浮在遠方，倒像是隔了幾個世紀的山遠水長。不比在島國，那浮世之音總是壓在耳根子下，無法擺脫。園外的喧囂傳到園子裡面來就淡了一層，像是水墨裡暈開的那一筆；而當園裡的聲響傳到壇裡來，便頓然沉了底。澤凱盤腿坐在壇上不願吭聲，彷彿一張口一個字，就能成天語綸音，而那是他不稀罕的。

他在這寂靜中，突然想起南國永遠嘈雜的島嶼，雨樹之國，在那座遍開蜘蛛蘭和蠍尾蕉的城市裡，這樣的了然和這樣的靜謐如今都是找不到了。這般的紅牆黃瓦灰磚，他越看越是覺得疏遠。這疏離像一縷輕煙似的，被一絲淡淡的情懷牽引著，慢慢從心中升起來，恰似隨時會斷開。他所屬於的那座城市和這帝都沒有絲毫的瓜葛，可為何父親總是念念不忘、念念不忘地在死前反覆地叨念著這座北方的皇城？它究竟有什麼好？它究竟和他有何關聯？

……三月演出，五月學潮。華校的學生都罷課了，哪裡還有心思演戲？我們中正和華中是整個運動的中流砥柱，那些日子我還小，懵懵懂懂的，可也覺得，有更大的壞事要來。

我記得，方老師那日在中正湖邊召開緊急會議，是我最後一次見他。Mata白天又來學校抓學生，待Mata都走了，方老師便趁著黃昏把餘下的學生叫到湖邊。他說了一些關於「左翼」、「反殖」和「反國民服役」的話，我半點也不懂，只曉得他要匆匆返鄉。我們戲劇組的人都圍著他，坐在地上。他身後就是那湖，湖上漂著學生為了反抗Mata，打偏了的課桌椅。我透過那如枯枝一般立在湖上的課桌腳看校門口的三洞牌樓。

天看起來那麼的淺，而熱帶的黃昏總是短暫，轉瞬即逝。有人問他家在哪裡，他說在北京。又有人問，北京哪裡，他說在地壇邊上。會回來嗎？……學長學姐們都流了淚。他一去就再也沒有回來，只給我留下這麼一個「地壇」，讓我在這睽違後的幾十年來無法忘懷。

這次來北京，不是從天壇遊起的，而是從地壇。天壇是皇帝的，離我這樣的南蠻很遠；而地壇，卻因為一些記憶而顯得親近。如今坐在這園子裡，不知會不會碰到方老師？

對於澤凱來說，父親的病情惡化得很突然，這讓他措手不及。澤凱坐在壇裡，暗忖為何父親一生都不願搬離永發街的那間戰前老厝。白牆上的拉毛，總是以最為刺眼的方式反射出熱帶的陽光。豔陽永遠絢爛，光影永恆分明，緬梔永久綻放，讓人眼花撩亂，讓人躁動不安。

躺在床上的父親，面容枯槁乾癟。那已經不再飽滿的血管在如蠟黃的皮膚下如凝膠一樣地流動著。醫院建議隨父親的意願將他搬回老厝來。對於澤凱來說，父親理應在迷離之際開始回憶那些永遠走不到頭的星洲騎樓，那些瘦長且內室繁複的南洋店屋，甚至是那些因染了西洋裝飾風格藝術而在外牆繪滿中式巴洛克風格的娘惹大宅。然而父親卻突然開始向他不斷地述說起他三十四歲那年去北京時的見聞。

澤凱這次尋著父親的描述，以一個同樣的異邦人的身分遊覽了許多已被商鋪和遊人侵占的旅遊熱點，他深深地感受到他在這座城市裡不合時宜的存在，就如同此時此刻，他為父親對於此地的癡迷和留戀而感到匪夷所思。他那如海洋潮汐一般的氣息，浸潤著地壇中的每一塊土地。當年，他不也是和自己一樣，帶著同樣的水氣，以一個異邦人的身分在這些旅遊景點走馬觀花地瀏覽了一番而已嗎？

澤凱記得自己看見父親躺在那張另一半不知空了多少年的烏木如意雲紋架子床上，嵌大理石床背和雲紋馬蹄床腳上有幾隻用螺鈿嵌上的蝙蝠，正散發出微弱而朦朧的光暈。這光是一種底蘊，它承載著一種更為縹緲卻更為深刻的意識。在父親無以復加的贅述中，澤凱驚訝地發現父親的記憶在彌留之際竟能如此明瞭，思路如此清晰，便隱約地猜到他的大限應該不遠了。

然而在那個時間與記憶的摺痕裡，讓澤凱困苦的並非父親死亡的懸臨，而是父親冗長的贅述裡絲毫沒有半點關於南洋的蹤影。父親的回憶充斥著他如今壇中所見的赭紅和雞油黃，這些色澤皆不屬於他們的島嶼。而那些隨著被翻新的苦力店屋，娘惹彩釉和釘珠刺繡而暈染進他們瞳孔中的崧藍綠、火鶴紅和群青才是島嶼的顏色。而澤凱記得當時無論自己如何反覆凝視父親角膜上的白翳，他在那翳上看不到任何他所期望尋獲的色彩。

父親走前告訴澤凱在家中書櫃的底層壓有這幾十年來他書不盡的往事，並反覆叮嚀澤凱要將其整理成冊，以供後代子嗣閱讀。澤凱面對那幾十本破損程度不一，尺寸不同的筆記本，他毫無頭緒從何開始。只當他隨手翻開的第一本便是父親題為「北歸記」的斷章殘冊。於是他下定決心要依循著父親的記載去一趟北京。就在他啟程的當天，也就是那株鳳凰木爆出滿樹花火之時，在《海峽時報》副刊一個極不起眼的角落寫著這樣一句話：

研究人員發現，近年來越來越多的候鳥會在我國雙溪布洛濕地保護區留滯久居，而不再遷返北方。

12 野火

水晶燈投射出搖曳的燈影，柔軟墨綠絲絨墊子罩在沙發上，我以生產的姿勢，一絲不掛地躺在那裡。光從房間一扇面北的窗戶裡照進來，紅色的光在那墨綠的絨墊子上暈開。我隱約地感覺到右邊臉頰、臂膀、臀部、腿肚和腳尖傳來的暖意。我才把臉轉過去，就看見那一片連天的野火，燒得離我們很近了。

野火會起的，會從島的北邊燒起來的。燒起來就不會停了。

會沒有雨的，會沒有雲的，會有持續半年的高溫的。

開始的時候，還是會撲得滅的。開始的時候，都以為那海峽會阻擋火勢從柔佛巴魯一路燒下來的。

燒進來的頭一天宗國會派駐紮在島上的宗軍去滅火的，像宗國治水一樣，宗軍會奮不顧身投入火海的。

頭天晚上的野火會以為被撲滅了。可第二天天不亮又會燒起來的。然後會有第三天、第四天……第七天，之後宗國就不會管你們了，會撤兵了，會棄島了，會不回來了。

我是少數留下來的宗人。其餘的都走了，有的去了宗國，有的去了澳洲或者更遠的西方。印度人也走了，回印度或者孟加拉了，也有去英國的。歐亞人呢？都回到自己先祖的土地上了，那蠻荒落敗充滿異域風情的遠方。

這島上自從起火之後就只有巫人留了下來。有的也想走，可走不了。從上次大戰後，這島就被割給宗國成了殖民地。自那時起他們就世代都給宗人欺，幾輩子都還不能抬頭。宗土統治下的島國傀儡政權在政策上打壓他們，視之為未開化的蠻戎野人，無需以禮相待。他們試圖用這樣的非攻擊性的高壓政策將巫人驅逐出這片將要被啟蒙的新疆土。

然而這族人卻比誰都要有毅力，怎麼都趕不走。就連這無名火起，鋪天蓋地地燒來，也不離不棄。宗人就沒好氣地罵說：野火是燒不死野人的。

火起後兩個禮拜，所有巫族人銀行戶頭裡的錢就都給宗國政府凍結了。島上執事的官員在一夜之間洗劫了巫人一生的積蓄，逃回了北方。

開始時，巫人見了我這樣的人便要打要殺，我在家裡躲了一個禮拜不敢出門，好在還有善良的巫族鄰居偷偷給我送飯。一個禮拜後巫族成立了臨時政府，他們的大總統帶著宋谷帽站出來說：

「留下來的，都像我們一樣，是土地的兒女。你們要像手足，不可自相殘殺。」

於是就又有了安寧。

又過了一個禮拜，臨時總統的表哥，即北方「巫來由」半島國的蘇丹，為了擺脫自己在半島上的政治危機，也為了擺平媒體輿論對他貪汙公款和雞奸孌童的質疑，竟聽從了南方表弟的建議，順水推舟做了這麼一個最最堂皇的人情：

他把自己貪汙了幾十年的皇族家產索性全捐了出來，不惜一切代價堅決擁護南方在水深火熱之中的巫兄巫妹。這一如當年共產第三國際般的氣魄和財力，讓整個南方的千島之域都為之震撼。

誰都沒有想到，原本以為會在幾夜之間頃刻崩潰變成末日之城的島嶼，竟並沒因為這場無來由的野火而淪落為人吃人狗吃狗的暴城惡都。小島就在一段小暴亂之後的小慶幸中得以苟延殘喘地再次運作起來。

於是機場、酒店、學校、食閣、巴剎等百種行業又以比之前五分之一不到的效率復甦。如此疲憊，如此舉步維艱，又如此讓人心驚膽戰……像是天上的主要這島不滅，這島就不滅。野火燒不掉它，又再過了些時日，人們發現就連野火的火勢也似乎慢了下來。

從「巫來由」的柔佛巴魯一過了海，島上第一個社區名叫兀蘭。野火來時，看那火勢熊熊映得天光楚楚，本以為一旦成了燎原之勢會一發不可收拾。可真是奇怪，宗人一逃走，那火就慢了下來，只是撲不滅。巫人大統領就派了專家去測，幾日後回來，報告說：火勢以一日三米的速度擴展，不多也不少。

「三米是個多，還是個少？」巫族臨時大統領聽不懂，就威嚴地喝斥道。「火勢蔓延是急是緩？許時何處來？又許時何處去？你都給我速速報來！」

那面孔身體上都刺有鳥獸圖案的「專家」就又解釋：「島上南北二十三點五公里，東西不計，一日三米，從北到南，從兀蘭燒到聖淘沙，一共要燒七千八百三十三點三日，剛好二十一年半！」

大統領一聽，臉色煞白，背心上湧出幾道冷汗：二十一年半，怎麼就他媽的那麼長啊！

*

她才一走進這間坐落在永發街一室一廳的公寓，就有一隻褐色帶黑紋的貓倏地從地板衣堆後面竄出來立在她眼前。牠以貓常有的姿態坐在那裡，一動不動地盯著她看。

她連忙驚慌地轉過身去，一把抓來正在鎖門的弟娃兒，一面羞澀，一面惱怒地劈頭就問：

「夭壽！你怎麼不給牠穿衣服！」

弟娃兒看著她驚慌的眼睛瞪得比貓還大：「有什麼好大驚小怪的，我有時在家也不穿衣服。再說牠還是母的呢。」

「我不管公的母的。你跟牠在家，穿不穿衣服不管我的事。我來了，就是個客，你們兩個就都得穿衣服！」

她千里迢迢來看他，向教務主任請了假，讓一個要好的老師暫時接管她的班。她真是捨不得她的學生，要不是因為弟娃兒，她是一天都離不得他們的。她積攢了幾個月的薪資才買到一張飛南洋的機票。為了能夠顯得體面一點，走前還特意燙染了頭髮，卻不知這一頭齊耳的短髮只讓她五短的身材顯得更為老氣了。弟娃兒真不曉得才比自己長三歲的姊姊為什麼樣貌和思想都恍若是上一代的了。他無奈地搖了搖頭，也不看貓，就意興闌珊地說：「妳還是穿一件吧。」

貓「喵」地一個轉身，跳到了衣堆後面。等牠再出現的時候，身上果然已經穿好了一件紅藍超人貓衣。

她滿意地點了點頭，對著貓也叫了聲：「喵。」

弟娃兒不理會他們，坐到陽臺上去點了一支菸。他把菸灰直接抖落在臺沿上那幾株九重葛的根部。她見了，也不說什麼，四處看了看，蹙著眉頭，就熟門熟路地彎腰一件件地拾起地上的衣服。都是弟娃兒的味道，很熟悉。她的手突然在一件衣服的上方停住了，可也就只是那麼一秒，像是在空中頓了一下：

「這次的簽證我很是欠了一大堆人情才拿到的。都說我瘋了要飛來這裡。飛機上只有不到十個人，空姐都換成巫人了，說的話我全聽不懂……」

弟娃兒歎了口氣：「不是都說宗文嗎？」

「他們那口音，誰聽得懂？」

弟娃兒把抽完的菸直接彈到外面，砸在一棵高大的青龍木的樹幹上，又一彈，才落了地。她嘮叨的絮語從他的耳根子旁邊漸漸地淡出去，他從陽臺上看著她，發現她的身型和背影竟然變得和母親如此相似。

弟娃兒其實早就猜到這次她煞費苦心地來看他，是有原因的，既然她不提那他也不必先說出來。更何況一個月前發生的那件事情，他要怎樣才能跟她交代呢？

野火會長眼睛的，會長鼻子和嘴巴的，會認識你們的面孔的。
主給了它靈，它會用它貞潔的靈去給世界作出公正的審判。
它會找到那些還未皈依或者誆騙皈依的愚人。
它會讓萬物在溫柔裡毀滅，它會讓萬物在殘暴裡重生。
主的野火會選擇的，你們要虔誠地祈禱。
你們會遇見養育宇宙萬類的主，普慈、特慈的主，掌管報應日的主。

「飯菜還合口吧？」侯賽因溫柔地看著餐桌對面的我。

我只是笑著，在椰漿飯裡和入更多的參巴馬來醬。兩人共度七載光陰，而他做的參巴馬來醬仍然是這世上獨一無二的南洋美味。參巴的辣，加上馬來醬裡的蝦膏香，配上椰漿飯，都拿捏得恰到好處。

還記得那是我在宗國拿到博士學位後來到島上的頭一年。憑藉在地宗族政府對宗國的尊敬，凡是宗國學位獲得者來此地求職都不費吹灰之力。我在宗國的土地上出生成長，一直到二十五歲。國家高度發達讓各行各業都趨近於飽和，我於是和很多有志者一樣嚮往遠方更精采的人生，卻又因為西方諸國落後且惡劣的生活和衛生條件，只好就近而安。好在戰後我族在南洋的殖民地還有一大片新疆土。聽說中央政府為了推廣文化影響，所有但凡有意前往異地工作的青年，退休回國後，還會受到國家侍奉終老的待遇，更不提像我這樣的「傑出青年」。我可是以驚人的速度，在三年之內獲得宗國國立大學宗文博士文憑的人啊。

我伸出手，輕輕地觸碰著他粗壯的手指，想到這七年來的安穩和如今世道的變遷，就不覺心酸。當年我雖初來乍到，但已經能夠獨當一面在大學直接開始教授宗國文學課。這是他們的必修課，課綱是之前一位平大來的徐氏的女教授耗盡畢生精力起草完善的。她功成身退衣錦還鄉，這衣缽就落在了我的手上。島國人無論種族都從小受宗文教育，這讓我完全沒有語言上的困擾。

起火後這兩個半月來，我仍然在大學教書。可自從宗族政府撤走，巫族政府上臺，關於宗族文學和所有像我這等宗族教授的命運就便岌岌可危。聽說很快我的課就會被取締了，還聽說所有臨時的「國際友人」、「訪問學者」的頭銜也很快會作廢。留下來，是不可能的。於是我就提出要跟他一起走，回到我們文化的母土上去。

他也欣然應了。一個宗人和一個巫人在一起，宗尊巫卑，自然是後者依從前者的。

電視機裡的新聞打斷了我的思緒。螢幕上播放著一首一首愛國宣傳歌曲：〈巫人翻身把歌唱〉、〈走進巫時代〉、〈歌唱你啊！淡馬錫〉……這些豔俗的曲調，真是不堪入耳。如今島上右派四處宣傳「巫人至上」的種族優越主義，傳媒上不僅竟是這類煽動性的言語，還公開表態要重回北方「巫來由半島」的懷抱，重組「馬來亞千島之邦」。

電視上的女主播，戴了頭巾，一臉甜蜜的微笑，用標準的平京口音說：「我們的蔓爾小島自古以來就是馬來亞不可分割的一部分。」

「侯賽因，你去把電視關了吧……」我惱怒地隨意說道。

「為什麼？你不喜歡？」他的話音裡充滿了警覺。我抬起頭，心忖，他很少這樣跟我說話的。

我放下碗筷，端詳起眼前這個濃眉大眼的巫族男子。看著雙飛入鬢的眉毛、高挺的鼻梁、豐盈的厚唇和淺褐色的眼眸。我突然發現在那雙眼睛的後面似乎有什麼新的東西已經滋長發芽，而這是我數月來都疏忽沒有留意到的。這更加證實了我晚餐前的發現和顧慮。

「你是不是最近加入了什麼組織？」我拾起一支筷子，蘸了些參巴滴到舌尖上，看他是否會說真話。

「我沒有。」他鎮靜地回答道。

「沒有？我都看到你的入黨證了，還有清真寺的志願者工作證。」

他一驚，倏地挺直了腰板：「你翻我東西！」

「我幾時翻過你的東西，是你自己擺在玄關忘了拿……」他見我動氣，就收斂了一些。我看著他，繼續責問：「我們不是要打算一起離開嗎？你這樣積極地參加政治活動，我們怎麼走得了？」

他撇過臉去，嘟囔著：「我是怕警務隊裡的人起疑心……大家都入黨了，我能不入嗎？再說你我之間的事情，他們都是知道的。我如果不加入，他們會覺得有問題的。」

「『你我之間』的事情？什麼時候變成了『你我之間』的事情？不是向來都是『我們』的事情嗎？如今你也不大願意和我一道出門，飯都在家裡吃，也不上館子了，也不去看戲了。你是不想讓別人看見你和一個宗人在一起，還是不想和我在一起？」

「你不要跟我鬧，現在時局變了，今非昔比。」

「好一個『今非昔比』？」他竟然敢拿成語跟我頂嘴，以前素來只有我說他聽的份。我頓時火冒三丈，啪的一聲就把筷子扣上了桌，壓抑著怒火低聲說道：「侯賽因．賓．哈姆扎！你給我聽好了，當初我們在一起，我也是頂著天大的壓力的！我當初不嫌棄你，你現在倒嫌棄起我來！你算是個什麼……」

話就在那時鯁在喉頭。我強制自己冷靜下來，可身體仍微微顫抖著。侯賽因一動不動地坐在對面，轉過臉去，露出他脖子上和手臂上的突出的血管。有時候我真的不得不佩服他們一族的克制力，這麼多年了，都還是低聲下氣地在自己的土地上活著。

我們繼續僵持，我漸漸覺得我們已經不再是我們了，而似乎有更大的角力已經悄然介入了我們的生活中。我當然了解這幾十年來我族對巫族的統治、同化和侵占。作為一個學者，不管從良心和道義上來說我是堅決反對這樣的宗族中心政策的。可我終究一介凡夫俗子，在習慣了處處受人尊敬的優越感之後，這特權已經成為了我生活中的一部分。我之所以能夠在這熱帶的殖民之土上以宗族學者的姿態優雅地棲居，不都是因為這天賦的特權嗎？可我沒有預料到在我看來這固若金湯萬世恆昌的東西竟然是如此的不堪一擊，還不等野火將這座島嶼焚燒殆盡，它就已經灰飛煙滅了。

從他的眼角我似乎看到一些隱隱爍爍的淚光。他內心的痛苦和掙扎頓時化為一隻隱形的手，在趨近固態的空氣裡如一隻白鳥迎著天光伸展開雙翼一般美麗地抖動著，撥開了我和他之間的一些東西。那手輕輕地敷上我的臉，然後立馬一個翻轉就掐住了我的喉。喉頭上一陣酸楚，頓時翻湧上來，視線也模糊起來。他緩慢地起身，進屋在馬來裝上圍上一條紗籠，抓起玄關的宋谷帽出門去了

我想他一定是又去清真寺行昏禮了。屋裡就剩下我一人，唯有頭頂的水晶燈光，破碎、搖曳。而我怎麼也忘不掉他臉上的兩行清淚。我強忍著淚，對自己說，有些根上的東西，或許真的是怎麼也割除不掉的。那我們之間的誓言呢？我一想起古人的那句「信誓旦旦，不思其反」，心中就又有些發狠起來。

*

姊姊就這樣坐在那裡，看著弟娃兒。驚訝、憤怒、羞恥、難以置信……當這些

情感都堆積著湧上她心頭的時候，她卻一句話也沒有了。這麼多年來，都相安無事地過了。他們之間從來不用談起這話題的。雖然於她，這已然是公開的祕密，但她仍無法接受親耳從弟娃兒的口裡聽到他悖德的選擇。好在他們姊弟倆離家族的信仰已經很遠，否則孽債會變得更為深沉。可若只是這樣那也罷了，而如今這件事情已經不是屬於她或他能夠解決的了。那人犯的罪已經不是信仰的罪，而是法律的罪了。她嗔怪他，都是因為選擇了這種不負責任的生活才導致了如今的下場。

為什麼要說出來？為什麼要告訴她這些她並不想聽到的話？她坐在這間沒有冷氣的公寓裡，熱帶的風夾雜著潮氣和天光翻湧進來，她那幾天前才燙頭髮就都塌了下來。本來還有些安慰的話，是要出口的，可被這異域的風一吹，就散了，好像鐵石心腸得從來就沒有想過。所以她只好就這麼坐著，聽著。

「事發後我並沒有直接去警局，沒用的，現在警局裡都是他們的人……次日清晨，我們還一起吃了早餐。他離開公寓去隊裡，我走進浴室，擰開水龍頭，不斷地清洗自己。頭髮、臉、耳根、脖子……我記得脖子上的勒痕是從那個時候才開始變得疼痛起來的……然後是背，肚臍……他的氣味，都是他的氣味，我洗了三遍都是他的氣味。我不斷地用力擦洗，我甚至使用了一些漂白劑，因為全身都布滿了肉眼見不到的細小的傷口，刮傷、擦傷……皮膚開始劇烈地疼痛起來，那痛讓我清醒，讓我知道自己沒有死去。」

「後來我漸漸地意識到原來那氣味是從我的鼻孔裡傳來的，我就開始反覆地清洗鼻孔。我仰起頭來，先堵住一邊的鼻腔，再把沐浴頭調到合適的水壓，對準另一邊的鼻腔噴進去。我試了幾次，然後換一邊，再來一次……可氣味怎麼也洗不掉。」

「我走出浴室來，卻不敢看鏡中的影像，所以至今仍無法告訴任何人，在事發後的第一時間我看起來究竟怎樣？那是怎樣的容顏呢？是一張瘀青的臉，還是一張鎮靜坦然的面孔？都無所謂了。」

「我看見餐桌上他給我煎的蛋，我跑過去端起來就全部倒掉。我認真地清洗了碗筷和餐具，還記得給自己倒了一杯酒，可只喝了一口，就轉身走進房間換好了衣服出門去了。我想是沒有必要打電話的，因為無法忍受在那個公寓裡再待上一分鐘，我直接去了最近的警局。」

「啊，你又來聽我講故事啦？你不是已經聽了很多遍了嗎？」

她發現那是他對著貓在說話。牠已經不知道在什麼時候把衣服脫掉了，就那麼一絲不掛地再次出現，聽他跟她說故事。牠轉過身去，啃了啃尾巴。倏地一聲就跳入她的懷中。她一驚，本能的一掌就把牠從膝蓋上扇了下去。貓也不怨她，只是柔弱地叫了一聲，就又轉過身來盯著她看，倒好像是她忘記了穿衣服，不知廉恥。

「他們叫人來檢查我的身體。醫生，護士，還有一個陪同的女警員。我已經不大清楚自己回答了哪些莫名其妙的問題，只記得是從頭皮開始檢查。我能夠感覺到醫生溫柔的手撥開我的黑髮，我記得他有和他一樣好看的眼睛……耳朵，脖子……是的，他在我的脖子上做了很長的停留。他靠得很近，以至於我能夠感覺到他溫熱的呼吸。我的脖子長且白皙，和母親的很像，妳沒有遺傳到她的脖子，只有我。她曾經說那不是一般人的脖子，那樣柔美的線條和長度，世上只有兩種人可能有那樣的脖子，宗國的僧人或東洋的藝伎……然後他開始檢查我的背部，還在我的手腕有掙扎遺痕的地方停留了很久，接下來是腿和腳……然後我聽見他說，把褲子褪下來，趴到桌子上去吧。」

「我看著他，真的要這樣嗎？我猶豫起來，無法移動自己的身體。他對我說要配合，不是我不想配合，是我的身體而已……那麼去診斷床上側躺下來吧……對，屈膝捲起你的雙腿。對……我感覺有手指劃過我臀部的肌膚，在他觸碰到我臀部的一剎那，我整個身體反射性的劇烈地顫抖了一下……誰也不知道那是因為恐懼還是快樂。整個過程中，他一句多餘的話也沒有說，只是不斷地向身旁的護士助理給出一系列代號式的指示和一些我聽不懂的術語，然後她迅速地記錄下來。我開始想像我的身體被拆解成一系列的文字、數字和符號後在護士小姐的平板上是怎麼重新組合起來的。我不知道他在我的背後做了什麼，我只覺得那個陪同的女警員一直站在我前面看著我，目不轉睛地看著一絲不掛的我。」

喵！

「啊對了，妳要喝杯茶嗎？」

他從恍惚中慢慢回到現實的時間裡，姊姊還是難以置信地望著他，好像他是非人的怪物一般。她甚至懷疑他是否在騙她。一個人怎麼可能面不改色地向別人複述這樣羞恥難堪的事情，就好像是發生在別人的身上？她真的希望這只是一個天大的玩笑，就像小時候他經常對她惡作劇，在她的杯子裡放入洋蔥或者大蒜，或者是在文具盒裡放兩隻蚯蚓。就都當成毫無惡意的玩笑，好不好？

「妳不要喝茶嗎？」

「我忘了說，體檢是在錄口供之後的事情了。對，口供的時候有兩名警員在場，一男一女，一個小房間。開始的時候他還不斷的在平板電腦上記錄下我說的每一句話，每一個字，後來他就把平板放下了。」

「男警員問我說，他信教嗎？我說應該信的。你們是愛人關係？我說是的。這不能算是家庭暴力，你們只是同居，而且這裡面還有更大的問題……女警員趕忙給他使了個眼色。然後她看著我，讓我再重複一次事情的經過，從他把我勒住的那一刻開始……然後再一次、再一次……我懷疑他們其實並不相信我所陳述的一切，而只是在用這樣的方式來試探我是否在撒謊。可是每複述一次，就有東西在心裡死去一次，然後……我就什麼也說不出了。」

「好吧，這件事情我們無法單獨處理，需要教法機構的介入。我聽見他們用這句話結束了當天的審問。」

貓又叫了一聲。

夠了夠了！煩死了她再也忍受不了那隻貓，直起身子來轟牠走。而貓卻沒有絲毫害怕的樣子，反倒是圍著她的腳轉了兩圈後就直奔上陽臺，輕輕一躍，就跳上二樓的青龍木枝，走了。

野火是不會熄滅的，它會燃成超度的火、亡魂的火、永世的火。

它會燒了一個世代，又在千萬個下一個世代中再燃起來，你們都皈依了主。

主會在你們中間安排一個天使，會讓它變為非人的生靈。

它會是主的眼睛，火的嘴巴。

她才一聽到南洋起火就撥通電話打給南方的弟娃兒，哭著罵著要他快些回來。宗國也有那麼一段世人熟知的喧囂的歷史，她都經歷過了。宗國最動盪的時候，是她的童年，宗國發展得最迅猛的時候，是她的青年。她曾經也有幾次可以離開的機會，可她都選擇了留下來，因為她堅信那是她的祖國。而歲月流轉，她的青春年華，一去不返，捉也捉不回來。中年的她變得警覺敏感，對於國際時態的把握也變得更為精準。這裡面並沒有什麼科學的理由，是直覺，是經驗。和弟娃兒不同，她是經歷過大風大浪大波瀾的人。

她以一個過來人的身分思忖著如今南洋的奇事，覺得這火起得無來由，起得陰陽怪氣，看來南洋要出大事。她想只是這一次飛起來的一定不是紅星紅旗，等到那南洋的星星和月亮一起都變成了綠色，這天就再也不是青天了，這日也再也不是白日了。

果不其然，河東河西，終究還是巫人當了道。她耽擱了三個月左右，終於湊足了錢來抓他回去。弟娃兒沒有被這次政治鼎革直接波及，可她怎麼也沒有料到竟然會自家裡發生這樣讓人難以啟齒的醜事，差點丟了命。她氣自己沒有看好他，更氣他平日裡對家裡人霸道，最後還是在外人面前吃了大虧。那天他一席話，道出事件來龍去脈，聽得她臉上一陣紅一陣白，他倒像是沒事一樣。

她來島國已經幾日了，真不知應該硬把他拉回國去，還是陪他留在這異地繼續試圖向政府討一個公道。外面局勢亂，「演說者之角」天天都有一大幫「善男信女」示威集會，她就算戴上頭巾也不敢去看，只在電視轉播裡，看到紅的旗、綠的旗，滿廣場的人，滿天的星星，滿天的月亮。

在宗國她怕被人欺負，向來不戴頭巾，大家都以為她是宗人，可一日五禮她都偷偷地行，一次也不少。她新燙了頭髮來看弟娃兒，到了才知道沒人欣賞她的頭髮，還不如戴上頭巾來得安全，索性就又到巴剎去買了一條。

巫族賣家懷疑她假裝信徒以求自保，可見她先熟練地選好包頭髮的帽子，把鬢角的頭髮藏起來。再選了一條紗巾利索地把頭包好，髮夾別進去，像模像樣，整整齊齊，本來其貌不揚的她，頓時變得端莊穩重起來，就有些驚訝地看著她笑。自此以後，她偶爾出去買個東西也要好好地把頭巾穿戴得整整齊齊，好讓別人多看她兩眼。

姊姊的轉變，弟娃兒看在眼裡，也全然不當一回事。

弟娃兒在大學的課都停了。這已然是個開天闢地的新時代，沒有人要聽他一介窮酸書生談宗國文學。每天一通電話打到警局詢問，答案總是「我們還在調查，請耐心等待」。

她曉得若再沒有進展，自己就要打道回府了。遠來的雖然都是客，可住久了就不是了。但山遙路遠，她不能白白來一趟。

她就找了個時機，對弟娃兒，說：「哎。我說反正你也沒事。要不要帶我去看看那個？」

他把埋在《四書》裡的頭抬起來，開始還是一臉狐疑，然後心裡一驚，好像是她說了句逆天的話：「夭壽！四處都有巫兵守著，怎麼可能過得去？」嘴上雖是這樣說了，可心裡卻已經舉了這個念。

她知道有戲了，便趁熱打鐵：「怕什麼？今晚在烏節路又有大遊行，估計所有的警力都會調派過去。北邊是沒人守的，我路線都查好了。」

他還是一個勁兒地搖頭。姊姊氣得沒辦法，只好把話說白了：「我知道你是沒有打算要跟我回去了。我向學校請的假也快要用完了，長久下去不是辦法。我的那些學生們，我是不能不管的。只要你今晚帶我去看火，我明天就買機票回去！」

事就這樣成了。

黃昏以後，兩人正準備出門，聽到背後一聲貓叫。剛一轉身就見那貓跑來，怎麼趕也趕不走。無奈之下，弟娃兒只好把牠裝在背包裡同行。姊姊見他這般溺愛順從這隻貓，就氣得邊走邊罵白眼狼、喪門星……也不知道罵的是哪一個。

事如所料，所有關卡都無人把守，警力看來真的都調到了烏節路。他們一路把車駕到老湯普森路的森林入口。還沒入林，就看見雨林後面的天上澄紅火光一片。可看久了又不像是失火，到像是有人在設席大宴賓客。彷彿穿過密林還能抵達一座古堡，有國王王后正在為小女兒慶生，萬邦來朝。

映著澄紅的火光，夜的雨林為姊弟倆揭開神祕的面紗。馬來亞飛狐倒吊在樹梢，偶爾吐出如蛇的信子，張開皮質的雙翼，經脈隱現，彷若命運的回路；巨型棕鼯鼠憑藉四肢間的飛膜時而從兩人頭頂滑行而過，激起風的密語，訴說著不為人知的千古滄桑；還有更多的大型的貓科動物在如羊齒或芭蕉一般的葉子後面一閃而過……他胸前背包裡的貓，一路探出頭來，抖動著鼻頭，嗅著雨林中的氣味，彷彿已經知曉了什麼，毫無畏懼。

姊弟兩人發現還不到三個半月的時間，野火已經燒到實里達蓄水池上段了，似乎比預測得要快。他們兩人透過密實的雨林隱約感覺到一股暖流隨著火光在身體的一邊輕輕撩動。但是卻完全沒有想像中的那麼熾熱。都說這野火不生煙，走進了果真發現，只聽見火苗在樹枝上節節爆破，像放鞭炮，卻聞不到一點煙味兒。

前一秒兩人還在雨林深處，後一秒兩人一步就跨入一片空地。一排青龍木退到身後，湖水打在右邊的岸上，野火就熊熊地在兩人面前如一堵牆一般鋪展開來。

那是多麼壯麗的火呀，如同法師大施幻術營造了一場視覺盛宴。火苗裡似乎有無盡的金粉銀粉，隨著火勢不斷地跳躍湧動，相互碰撞激盪。橙色的光和火都溫暖得有些慈悲了，都要忘記自己是一片摧毀萬物的野火了。

姊弟兩人肩並肩站在離火牆幾米開外的草地上觀火，啞口無言。這是真的嗎？……過了一會兒，還是姊姊打破了沉默：

「不對啊，怎麼燒得我這麼舒服。一點也不熱啊？」

弟娃兒心中也如此暗自納悶，可他還來不及回答，懷裡的貓就慘烈地「喵」了一聲！這把兩人都嚇了一跳。貓跟瘋了魔似的，拚命地要從背包裡鑽出來。為了防止牠亂跑，弟娃趕忙把背包抱得緊緊地。誰知道這隻向來不具攻擊性的貓為了掙脫束縛，一巴掌就在弟娃兒的臉上抓出一道血痕來。

「雞掰！」

弟娃兒一痛，一鬆手，貓就一躍而出，徑直往火裡去了。

「不准去！」弟娃兒跑上前要追牠回來，姊姊一把從後面拉住。

「不要命了！一隻瘋貓而已！」她話音未落，兩人傻了。

貓，回來了！

貓就這麼大大咧咧，也不缺腳也不少腿地從火裡不緩不急地走回來了！

明明剛才姊弟兩人是親眼看見貓跳進火裡去的呀？牠怎麼就這樣毫髮無損地回來了呢？牠那周身的毛不是應該被燒得精光，牠不是應該疼痛得直叫喚的嗎？

還不等兩人回過神來，這貓像是存心逗他們一樣，一個轉身，就又跑進火裡去了。

牠就這樣來來去去三四遍，暢行無阻，毫髮無損，揭露了一個天大的祕密。

弟娃兒看著姊姊說：「見鬼了！要不是這貓是神貓，就是這火是假火……你站在這兒，讓我去試試。」自小就是她比他膽大，話音剛落她就伸出了一隻手去試火。

她只覺得手離火苗越近，人就越是覺得溫暖，火不燎她，不灼她，不燒她。直到她的整隻臂膀都伸進了火裡，也不痛，就連她的衣袖都是好好的。她便壯起膽，索性一步跨進了火裡。

那是多麼溫柔如水的火焰啊。

她整個人都沉浸在銀光閃閃的火海裡。火流從她的臂彎裡、腳踝邊和頸項的後面輕輕地滑過，竄入她的髮絲裡，將她濃密的黑髮溫柔地托捲又放下。除了火焰，已經很久很久沒有人這般柔情地愛撫過她了。

她因為家族的信仰在北方宗土上被人排擠，男人看不起她，不娶她。她就把她的信仰藏起來，也把她的身體藏起來。她年輕的身體乾渴得如同她的心。唯有此時，在被火焰擁抱的剎那，她突然憶起了關於愛的瑣事，這些久遠的記憶讓她幸福地張開雙臂來。她閉上眼眸，仰起頭，在火海裡歡快地旋轉了一圈又一圈，她的衣角褲角飛揚起來，激盪起無數的光波，漣漪般地蕩漾開來。

一種充實的喜樂，自她的心中升起，她感受到一種前所未有的安詳。突然，她似乎聽見有人在歌唱。是吟詠著的如詩如經般的聲音，綿長而高亢，從天上傳到她心裡。她聽見了就咯咯地笑出了聲來。她一邊笑，一邊在火海裡張開手臂旋轉著，那些光粉就形成螺旋形的渦流，從她身體四周升起來，再被火流托著，飛上天，消失在星羅密布的赤道的夜空裡。

弟娃兒在一旁看傻了眼。過了許久，等到他回過神來的時候，他只看見姊姊在火裡，抱著他的貓，向他招手說：「弟娃兒，你也進來。」

他似乎有些猶豫，可最終決定也學著姊姊的樣子，舉起手臂，伸出指尖，一點一點地靠近火牆。當他的食指在觸及到火焰的一剎那，他突然撕心裂肺地大叫起來。

他趕忙縮回手來捂住，張開手掌一看。

他食指的指尖已經完全被燒焦了。

*

他回來，我的氣還沒消，只是坐在客廳的沙發上守著。夜很深，卻不安寧，有東西在暗中微微地慫恿著永夏的潮氣，一股一股地撲上我的鼻息。

茶几上我好好地擺放了兩堆物品。一邊是一本墨綠硬殼鑲有金邊的宗譯《可蘭經》、他的入黨證和黨員的小綠本。另一邊放著我們周遊宗國的合照和其餘瑣碎的紀念品。他剛一進門，放下宋谷帽，就怔住了。

「你這是什麼意思？」

「沒什麼別的意思。」我就等著他這句話，情節和回答的語調我都事先演練好了。「你選吧。反正這也是遲早的事情。」

「你莫名其妙。」他轉身就要躲到房間裡去，可又有些遲疑。

「侯賽因，你別走。」我叫住他，然後從身後慢慢地拿出一疊我從他書櫃最底層的一個資料夾裡搜出來的散播「巫族至上」的宣言傳單。我把那厚厚的一疊紙，輕輕地向桌上一拋，它們就「啪」的一聲像被洗牌一般自動地四散開來。

那紙張的浮水印都是星星月亮，邊緣部分是我看不懂的阿拉伯文和已經很久沒有人使用的像巫文一樣的句子，反覆重複著一句話「Ketuanan Melayu」。中間正文部分是用瘦金體起草的宣言，我看那筆觸就知道這人的字是有師承的。宣言上這樣寫著：

一個幽靈，巫統的幽靈，在馬來亞遊蕩。

為了對這個幽靈進行神聖的圍剿，舊馬來亞的一切勢力，主席和夫子們，遺民和傀儡們，都聯合起來了。

有哪一個反對黨不被它的當政的敵人罵為巫統激進黨呢？又有哪一個反對黨不拿巫族優越主義這個罪名去回敬更進步的反對黨人和自己的反動敵人呢？

從這一事實中可以得出兩個結論：

巫統已經被馬來亞的一切勢力公認為一種勢力；

現在是巫統黨人向全世界公開說明自己的觀點、自己的目的、自己的意圖並且拿黨自己的宣言來反駁關於巫統幽靈的神話的時候了。

為了這個目的，各國巫統人集會於淡馬錫，擬定了如下的宣言，用阿拉伯文、巫文、帕拉瓦文、爪夷文、卡維文、貝貝因文、孟文、緬文、真臘文、暹羅文、占婆文和阮朝文等公布於世……

看到這些宣言傳單，侯賽因一言不發，霎時間紅了臉。屋裡夏夜的潮氣中便有了更危險的勢力在蠢蠢欲動。

「侯賽因啊侯賽因，你怎麼能在家裡藏這種東西呢？難道我們之間的一切都不及這些毫無意義的主義和宗教重要嗎？當初我對你全心全意，毫不介意你是巫人的卑微身分。如今我走麥城，你怎麼就做出這樣寒心的事情？」

侯賽因站在那裡一動不動，只是在嘟囔著什麼，我卻聽不清。那是因為憤怒嗎？我咄咄逼人，是不是有點過分？還是因為他自知理虧？他應該萬萬沒有想到我會這樣向他發出最後通牒吧？

「你不要不高興，沒關係的。我們之間可以既往不咎，只要你對我的心是誠的，只要你對我的情是真的，你就放下這些東西，然後我們一起想辦法離開這裡，離開淡馬錫，離開革命，離開巫教，我們一起回去，回到我們文化的根上去！在那裡你會受到我們寬大政府的庇護！你也會受到我的庇護！自從野火燒起來，我留下來這麼長時間，還不就是因為心裡放不下你，要等你回心轉意我們一起回去的啊！」

他還是無動於衷地立在我面前，沒有隻言片語。我突然發現有些不對勁，他彷彿突然跌入自己的世界裡，對我的話充耳不聞，只是不住地低聲呢喃著什麼，我聽不清，便怒起來。

「你到底在說什麼？侯賽因！你大聲一點！」

他全身開始猛烈地顫抖，似乎要借助那樣的抖動才能把他心裡這麼多年來的怨懟抖出來。我觀察著他身體詭異的顫動，開始時是腳，然後是大腿，然後是軀幹、肩膀……那顫動升起來一點，他重複的那句話就更響亮一點。但在我還未完全弄明白他在說什麼之前，他就猛地咆哮出來：

「我們終究是要翻身的！巫統至上！」

我一聽，頓時懵了。這話就如一巴掌扇到我臉上，我像是被誰從後面猛烈地一擊，聽到身體裡一聲巨響，像是有什麼東西裂開了。有一股怒炎，嘭地竄上我的腦門，震得我耳鳴。我不由自主地一下就從沙發上跳了起來：

「你放屁！你是什麼東西！你敢跟我談種族！我們之間的這麼多年來的感情，難道都比不過你的狗屁黨，狗屁種族，狗屁穆斯林！我他媽的等你、我等你……幾次差點被你們打得命都沒了！你卻跟這些人一起去搞革命！侯賽因，你他媽真不是個東西！」

他卻全然不為我的失態所懼，單單立在我面前，繼續唾沫橫飛地重複著那四字真言。可他的面貌也因為激動而變得扭曲，一對充滿血絲的雙眼似乎要從他稜角分明的臉上蹦出來。我突然發現原來他是這麼醜陋的人，我怎麼會愛上這麼一個鄙陋的生命？難道我愛的那個人早已被這些荒唐的主義和宗教奪走了？我悲傷、憤怒，我環顧四周，一眼就看到了桌上那本宗譯《可蘭經》。就是它了！就是這本狗屁邪教書！是它毀了我們之間的一切！

我一把抓起來，就往廚房衝去。擰開爐灶，就要燒它！好像一把火燒了它，我的侯賽因就能回來。我擰開爐灶，打開書來，正要撕下幾頁拿去燒，就突然覺得脖子被什麼東西從後面套住了，然後猛地被人向後一扯。

當我感覺到他熟悉的體溫和氣味的時候，才發現自己的呼吸變得如此困難。他從背後用一條領帶死死的勒住了我的脖子。他竟然要為了這本書來殺我？

憤怒沖昏了我的頭腦，我眼裡心裡沒有別的，唯有這本書，唯有那團火，唯有一股念頭要把這書葬送到這火裡去！為了不讓他把我拖離廚房，我一手死死地拽住爐灶，另一隻手拚命地把《可蘭經》往火裡送。就算能燒一點點也好！燒一個邊角也好！我全然不顧自己生命地要去摧毀那本寫滿我族宗字的異教經書。

可是疼痛很快就占了上風，我的意識也開始變得恍惚。在我能夠搞清楚狀況之前，我只感覺到頭部被重擊的聲音。是我的頭嗎？還是他的？那聲音似乎是從很遠的遠方傳來。我躺在客廳的地上，侯賽因騎在我的胸口上，用那本《可蘭經》，一次又一次地扇擊著我的臉。有幾次那金邊的書角恰好劈在我的眉骨和頭顱上，血流不止。

我被這一切驚呆了，我從來不知道他會有這樣暴力的傾向。向來輕言細語的他讓我完全忘記了他不管怎麼說都還是一名訓練有素的城市警務隊隊員。我也從來沒能料到自己竟然能在這樣的暴力中保持疏離。我只覺得驚訝和不解，那施暴者和受害者好像都不是我們，我只是在看戲。我可能真的是被打昏頭了，任何還有一絲理智尚存的人，都知道在此時應該說出一些抱歉或者平撫施暴者的話好讓自己脫身。然而我卻親耳聽見自己用一種再平實不過的語氣對他說：

「忘記你的巫統，忘記你的宗教，我們走，我帶你回家，我帶你回家。」

他似乎被我的懇求微微地打動了。他用手抹掉經書上我的血，微微地念叨了一句就把書小心翼翼地放回到了茶几上。他騎在我的胸腔上，然後用手指溫柔地划過我鮮血淋漓的臉，從額頭，到眉骨，到顴骨，到下頜骨……。他用他的手指解讀著我的容貌，然後我在他的眼神裡看到了一絲恐懼：

「我……怎麼辦？一切都完蛋了……」他抱歉地說著。

「沒關係，侯賽因，你起來。我無法呼吸，你先起來……」那條領帶仍然鬆弛地繞在我的脖子上。「你起來，我不會報警，我們過往不咎。忘掉革命和伊斯蘭……」

像是有人給錯了提示，恐懼突然從他的眸子裡如風來霧散般地消失而去。「不對，這不是我的錯。是你……你褻瀆主。你要燒我的書。你侮辱了我，侮辱了我的信仰，我的宗教，我的種族！你有罪，我要來懲罰你！你有罪！就該受罰！」

他一邊歇斯底里地咆哮著，一邊解開他的皮帶，然後正面撲到我的身上，雙手再次勒緊了我脖子上的領帶。我感覺到他充滿熱氣的呼吸：

「脫！把褲子脫下來！總是你在上面，我在下面。總是你們在上面，我們在下面！憑什麼？憑什麼？你有罪！就該受罰！你們有罪！你們都有罪！」

我感覺到他的下體膨脹起來，我猜到會發生什麼了。我盡力想把他推開，我一掙扎，或者試圖大叫求救，他就把領帶往死裡勒。我無從選擇，只要不死，我不斷地告訴自己，只要不被勒死，他說什麼我都可以。我讓身體放下一切戒備，但是我的嘴巴卻完全不受頭腦的控制。就在我全然張開雙腿迎接他到來的時候，我聽見自己用禱告一般的虔誠的語調不斷地說服他說：「我們一起回去，回到我們文化的根上去！回去……回去……」這兩個字和他的抽送在節奏上達成了完美的融合。

我如誦經般念著「回去回去」，身體沒有絲毫的痛苦。

我就這樣以生產的姿勢看著他在我的身體上唾沫橫飛地上下抽動著。他全然不聞我的祈禱文，而是嘴裡振振有詞地念著「我們要在上面！在上面！」他不時地向我的臉上吐口水。我聽到我們的聲音在這樣的暴力時光裡變得有唱詩團音質那樣的和諧和通明，我聞到血和唾液混合後所散發出的一股比乳香還要濃郁奇異的香味。那香味讓他瘋狂，我感覺到他的下體在我的身體裡面不斷地膨大起來，他竟一把撕開我的上衣。

我一絲不掛地等待著，我在等待一個時機，我在等待著他的高潮。那時的他會是最沒有防備的。我可以抓起茶几上的那本《可蘭經》，朝他的頭上打回去，最好能把他打暈，然後逃走。我也可以什麼也不做，讓他離開，然後希望能夠把這荒謬的一切拋到九霄雲外。就在那短短的時間裡，我將這兩種可能千百回地在腦中預演。蠻荒的暴力讓時間變得扭曲、密實而綿長，製造出另一片時空，只有我們兩人可以共同進入的時空，只屬於我和他的親密時空。我難道是在享受這一切嗎？

我感覺到他的呼吸越來越急促，他身體抖動得愈來愈快。就在他全身抽搐，雙眼因快感而緊閉起來的那一刻，我迅速的合起雙膝，然後用盡全身僅存的力氣，將他頂開。

他並沒有預料到我的舉動，竟然就那麼踉蹌且尷尬的帶著他那紅腫的陽物和脫去一半的褲子倒在地板上。他驚呆了，就在這一秒，就在我們兩人平視對方的一瞬間，就在沒有上面和下面之外的這個角度。我似乎再一次找到了他，時間開始重新運轉起來。

水晶燈投射出搖曳的燈影，柔軟墨綠絲絨墊子罩在沙發上。茶几上的照片散落一地，被血跡弄髒。我就這樣以生產的姿勢，一絲不掛地躺在那裡。我們彼此凝視著對方，只在那一眼之中我們試圖為舉念之間的差池找到一個合理的解釋。我和他都不敢相信這是我們剛剛親身經歷的事。

他一臉涕淚熱淚盈眶地爬過來，哇哇大哭著撲到我的懷裡。我撫摸著他的頭髮，臉和身體，不知道是血、淚、口水、鼻涕還是身體的其他液體，不知道自己在哪裡，不知道這是怎樣的一個世界。

光從房間一扇面北的窗戶裡照進來，我隱約地感覺到臉頰、臂膀、臀部、腿肚和腳尖傳來的暖意。我才把臉轉過去，就看見那一片連天的野火，燒得離我們那麼近。

而那本原本要被我燒掉的《可蘭經》，仍好好的擺在茶几上，每一頁裡都沁了我的血。

*

時間不可逆，發生過的就不可能抹去。在忘記和銘記之間，有些東西變得面目全非，但情感終究是不能被忘記的。

他送姊姊走，這是淡馬錫航空飛宗國的最後的一班飛機了。聽說下個星期開始兩國就要完全斷交。這一走，後會無期，他那根包紮好的手指就像是姊姊留給他的禮物，那根少了一節的食指，就是他們姊弟之間唯一的念想。

本來以為一經此番，她回去後會對她曾經試圖放棄和隱藏的關於家族裡回回的歷史好好反省。姊弟之間，她是唯一信奉真主的人，因為幾十年來的堅持，她才淪落到只能當上一個教師的地步。如果當初她也像弟娃兒一樣宣誓放棄宗教信仰，她也能夠拿到一筆可觀的去殖民地進修的獎學金。可是她沒有放棄，她想在她和弟娃兒之間，總要有一個人繼承祖宗留下來的東西。

她想當年他放棄信仰，來到南洋後卻又找了個巫族的情人，這是否代表他的心中仍然有一些東西是割捨不下的？而更可笑的是，這信仰到頭來竟如同細胞反噬一般將他和他之間所建立的一切統統摧毀，轉了一大圈，反而又回到了原點？

人一輩子都翻不出去。既然翻不出去，就在這圈裡再畫一個圈，把自己排除在裡面，不再和它有什麼瓜葛。

於是自這次探親旅行之後，她這輩子就再也沒有做過一次禮拜去過一次清真寺了。就連她曾經偷偷藏起來的那些頭巾，也都被她全部燒掉了。她在經歷了那場神跡之後，卻依然決定要完完全全與主訣別。就像是在一個最接近主的地方把自己隔離起來，不看、不聽、不言，誰都拿她沒法，上不了天堂，也永不墮地獄，她把自己懸浮在了神聖的臨界點。

如今你已經知道了故事的來龍去脈，你還期望知道什麼呢？侯賽因的下場嗎？他會被繩之以法嗎？自始至終這個故事都沒有讓他有機會從他的角度來闡述弟娃兒的咄咄逼人和絕情激進。你們能夠想像或許弟娃兒只是不自知的在這七年裡扮演了一個從權力中心來的情人的角色？或許弟娃兒根本就沒有像自己想像中的那樣愛過他？或許真正受傷最深的人是他？

他們之後當然無法在一起了，侯賽因全然地投身了革命，與一群和他們一樣曾經有過異族戀情的男人們一起，平步青雲地踏上了新世界的政治的舞臺，要開天闢地地創造他們自己的男權巫統神化。

她是宗國人，終究要回到宗國去，而弟娃兒卻選擇繼續留下來，他帶著一具不再驕傲也不再完整的軀體，永永遠遠地留在了玷汙了他的土地上。他要安身立命的地方從七年前開始就不是宗國的土地，而他所隻身在這七年間尋找的一切也已在此刻被完全摧毀。不管是去是留還是回，他覺得這個世上都不可能再有一個真正屬於他的地方了。

好在他還有那隻貓，牠仍然和弟娃兒住在永發街的公寓裡。

你好好把我的話記下來。

五十年後，野火會起來的，再過二十一年半，這火到底燒到島的哪裡，燒得死燒不死人？燒得死哪些人？皈依的和叛教的，宗族的和巫族的？這就連大統領的專家們都說不清楚。這火，滅不滅？怎麼滅？這些問題你更不要來問弟娃兒，因為他是沒有答案的。

但屆時你仍可來這條街上去尋這隻貓，而牠，會告訴你所有關於野火的祕密。

餘話

我向來不是一個出類拔萃的人。

曾經和新加坡華僑中學的幾個文青同學，在一個叫姓方的文學老師地幕後指使之下，「騙」了學校一大筆，出了一本合集。別人的作品我不敢隨意評價，可就自己的部分而言，怎一個「爛」字了得？至今都被我藏在書架最底層，看見了就讓人想哭。一日，有位新加坡詩人不知在哪裡讀到了這本集子，就向方老師說，幾個人裡唯有一個女生最有才情。

此人自然不是我，可話傳到我耳朵裡，我當然不服氣，暗自忖度：才子佳人千千萬，只可惜都經不起文學之外的誘惑，寫了幾年就停了筆，再提起來，已失了初心。好死不如賴活著，我是個生來就臉皮厚的，只要能一直寫下去，有朝一日，等我出書了，我就立馬爬上一棟高樓，從上面把我的書一本本地向下扔，砸死一個算他是好命的！

這當然都是負氣的臆想，可如今真要出書了，我又務必要對過去的光陰有個嚴肅的交代。

我十七歲從成都下南洋，並非是為了文學。那年亞洲風靡韓劇《情定大飯店》。我被裴勇俊和宋慧喬穿制服的樣子給騙了，竟不惜放棄學業奔赴南洋學酒店管理。所以至今，我都不再看韓劇。

初來獅城，我接受了一年專業的酒店「管理」學習，就開始在一所隸屬新加坡酒店管理協會的三星酒店擔任客房清潔工。

那是一棟三層樓高在永夏的天光中不斷抽離後退卻遲遲不願消逝的典型英式南洋殖民地別墅。純白的外牆上嵌著一排排有小方格窗櫺的大窗戶，科林斯式柱頭舒捲的葉在別墅硬性的轉角上撐起一絲異國的趣意。別墅的內部是全木質的，有時光陌生的氣味。每間客房裡都有木地板，木床，木桌，桌前掛了一張木窗框，顏色倒是齊整，窗框上還有一對法式百葉窗，打開來不見芭蕉或街景，而是一張鏡，正好映出開窗人的臉。

我們一行十七八歲的少年人，多是從亞洲各國而來，時常兩三人被分派為一組打掃房間。門打開，故事迎面而來，叫人猝不及防。城市的噪音從百葉窗窗板間和著天光流進來，帶著殖民地和南洋混淆的文學影像，是海洋的聲音。

在精心擦拭客人物件的時候，我會不由自主地用手摩挲這些物品。服裝的質地、行李箱上的貼紙、保養品上的印字都透露著一個不在場的人的祕密。我心裡就此憑空生出一些揣測，還不成故事，在空中翻個筋斗，就又從窗板間飛了出去。

廁所是我們最不想清洗可又不得不清洗的地方。偷懶是常事，有個和我從成都同來的女生，單名一個靜字，卻是個最不安靜的。經常還未打掃好房間，就慫恿大家一起坐在客房裡吹冷氣。監督員進來，正好撞見了，她恰好也是學校裡教客房清潔的老師。只是掃了我們一眼，大家就噔的立起來。她瞇起小眼睛，尖聲詢問道：

「廁所打掃乾淨了嗎？」

「乾淨了，乾淨了！」靜搶險回覆，萬事都唯有她最機敏利索。

監督員一頓，喊了聲「來」就徑直走到廁所裡，用食指在馬桶內緣的上側摸了一圈。把她的舌頭吐出來，往上面一點，再吃進去，一品。小眼睛一轉，喝斥道：

「沒有用清潔劑！重洗！」

我的媽媽呀！這可把我們的腿都嚇軟了。

「我洗！我們馬上洗！」

為了讓這位姓萊的老師不至於為了這份工作把命也賠了進去，日後這別墅裡的每一個馬桶都被我們擦洗得乾淨到可以刷牙洗臉。

後來這位老師移民去了澳洲，我離開酒店管理，靜也改行，誰知道再過幾年這洋房竟被完全夷為平地，終是在時間裡重重地沉了下去。沉是沉下去了，可它常常在我記憶中浮起來，依然是陽光歷歷。只因為有這些和我共同更換床單、洗刷馬桶、私藏酒店香波，甚至試用客人保養品的奇女子：好比身為緬甸華裔卻能聽懂四川方言的Sharon，從泰國來卻一直暗戀靜的Kak，父親早逝而立志重操父業的本地馬來女孩Nissah，專習西方劍道的Sun……這些昔日的女孩如今都如風一樣夾在熱帶的氣流中，打個旋，就去了。可她們竟不知，這棟曝光過度卻永不磨滅的南洋別墅，還一直在那裡等著她們回來與我同住。

從酒店管理學校肄業後，我轉入中學走上傳統的升學路線：柏盛中學，華僑中學（高中部）、新加坡國立大學，德國海德堡大學，以至於今日的哈佛。一路上有多少貴人和老師提點，又不知化去多少劫難，在此不便贅述。若一一致謝，反而落了俗套。我這輩子遇到不少的貴人，這恩澤只能往下傳去，所以如今我見人就問：

我要當你的貴人！好不好？

人是長在獅城的，書是寫在獅城的，為什麼會在臺灣出版，這裡面就又有一段機緣巧合。我文學的啟蒙是在華初，那是一間有百年歷史的老校，而那裡有一群教授華文文學文化的老師如守燈人一般維護著整個南洋華校百年文化的一根命脈。那樣任重而邊緣的位置，是處於文化中心的臺灣難以理解的，但是臺灣作家對於南洋文學的輻射，卻是長久而深遠的。

二〇〇九年學校組織文學夏令營，我在那個夏令營的講座上遇見了一個臺灣來的女作家，她是我此生第一位親眼見到的作家。少年的我坐在台下，聽到她用美絕流利的語言，帶出一唯美而簡靜的文字，闡述著文學、創作和旅行的意義，有如宿構。對於那時一個說話寫字都要字斟句酌的有中文退化症的南洋高中生來說，她的話就好比天語綸音，硬生生地在我的世界中闢開一處天地來。兩年後，鍾文音的書陪伴著我度過了在德國溫柔善感的年歲。

爾後，那樣的天語綸音我還在兩位臺灣作家的口中聽到：一是郝譽翔，二是吳明益。我有幸前後在二〇一一年和二〇一四年的新加坡作家節期間結識二位。我第一次獲新加坡大專文學獎的散文〈洗〉，之所以採用這個題目，與郝教授作品之間的關係，已不言而喻。而至於吳教授，我更是記得他跟我在新加坡國家博物館的那一幕：我滔滔不絕地向他描述著熱帶短　黃昏的光影，他靜靜凝聽然後溫柔地回覆說：「濟舟，我們還是早點去會場吧，我不想遲到。」吳教授不僅僅給我了「用短篇寫長篇」的啟發，也是他讓我開始關注花鳥蟲魚。我甚至一度懷疑，如今我會如此毫無理由地研究生態和文學間的關係，也是那年他對我洗腦的原因。

作家就是這樣危險的人物，不知不覺，就「誤人子弟」。

這三位單獨列出來，一是因為他們都是在我離開新加坡前見過的臺灣作家，二是因為我和他們只見過幾面，鍾文音女士更是一面之緣。然而他們對我文學的啟蒙是無心之恩，如四時成歲，反而要謝。

至於還有方、徐、胡、王、閻這五位先生，若是說謝，只怕從王母娘娘那裡偷了蟠桃來謝也不夠，索性就都壓存在心裡。

臺灣文學和新馬華文文學之間的關係，早已不是當年李永平、黃錦樹、張貴興先生那一輩從「旅臺」到「在臺」這般的簡單。臺灣文壇對於南洋文學，甚至是在世界文學體系下的重要性，只怕是眾多臺灣文化人自己都還未看得清楚明白。

就東南亞華文文學而言，馬華是大宗，新華其次；而就新華文學而言，我不是嫡系而是庶出。於大陸我是蕩子，於新加坡我更是連「新移民」都算不上，而即便是像我這樣一個不倫不類，「階級成分」曖昧不明，身分認同變動不居的人，竟能一路以來不斷得到臺灣作家和編輯的鼓勵，直至如今在臺出書，這是否說明了臺灣文學的另一對話者依然在南洋？臺灣作家來新馬開講壇，或編輯來新馬參加書展的傳統由來已久，一紙「南向」文書又怎能道盡其中滋味和淵源？更何況起草人是如此的用情不專。

國族疆域的重要性被不斷鞏固，而天下異動卻愈發平凡。我想日後還會有更多像我這樣的寫作者，不知身在何方、心繫何處，卻硬要在文學的世界裡編沙為城鑄風成型，那究竟是一個怎樣包容的所在，才不至於讓我們難以為繼？

我只願，在「南來」和「南向」的脈絡中，南洋的華文文學能愈發蓬勃起來，其它的都叫它速速解散了的好。

我就是這麼一個不出類拔萃的人，卻硬要說出一些純粹的話。

後記

靜靜聽你說
——寫在那些故事外的……

李時雍 v.s. 陳濟舟

雍：濟舟，讀完你的《永發街事》，我最先感到的，莫過於人情的疏蕪難得，也是聚散的枉然。這些小說都發生在那條名為永發的街路，雨樹的陰翳下、騎樓的折曲、遷進遷離的人，或更準確的說，都交織在永發街大牌七十三號。邊讀我邊也想起我們初識的難得，那場電影放映會偶然比鄰而坐，映後你邀約，到附近餐館聊聊？才發現，我們住家竟繫連在薩默維爾另條街路的兩端。後來的季節，幾次散步到你住處，一起做飯、午茶，有時約在靠近我的小屋。直到初夏，你搬離到街的另外一邊。在〈客〉中，你寫下那種日常深深的客途：「這感覺兜著他，讓他在惘惘間覺得這裡總是有很多人在不斷地搬走，然後更多的人想要搬進來……」知道你青春歲月前至新加坡客居十年，我想在小說之後，聽你再談談你生命中那條默看聚散的永發街，記憶裡來往的人事。

舟：好的。故事落幕了，真真假假的人事都混在了這十二篇故事裡。永發街對我有特殊的意義，不僅僅只是因為我在那裡住了六年，更是因為我把整條街的鄰居都「出賣」了，化為了書中人。

永發街上的白樓平地起時大約是上世紀三〇年代，是典型裝置藝術建築的晚期風格（流線摩登）。我住在大牌七十三號底樓一間轉角的單位裡。房間就在騎樓下向街道的一面，打開窗來是一棵楊桃樹，年年結果，落滿地，無人拾。

我喜歡開窗讀書寫字，窗台不及腰，鄰居走過索性就站在窗外跟我寒暄。要好的幾戶人家之間經常串門走動，甚至互相都備有彼此的房鎖。新加坡地方小，圈子也小，寒暄幾句就發現是沾親帶故的，遂永發街上人人之間都有一種樸實的信任，讓人心生愛憐。

我在這樣的一條街上長成人，只看得人世間唯有初生的美好，以至於今日，說話做事都還是稚氣未脫。誰也想不到在新加坡這紛繁的國際大都市裡，竟然還有此方水土，養得出這天地間的大信。

「人情的疏蕪難得，也是聚散的枉然」，所以遇見了就要抓住，也只能在此時此刻了。

雍：我很喜歡〈蟄伏〉，那間蒙帕納斯公墓東邊的頂樓房間，陽臺上的男人看著另一個人，每日走至某座不知名的墓前。而這累聚的困惑，成了第一句搭訕的問候，不好意思，你會法文嗎？後來他們返回島國，一起住進了永發街七十三號。墓園的相遇，充滿欲愛的荒蕪寓意：「巴黎的黃昏極為綿長，天光和日影都被拉伸到極致。夕陽照在墓碑上面刻著的兩個英文字母——M．D，其它的什麼也沒有。」濟舟，讀到這裡，我總會分心地，想起那本被你細心擱放書架上M．D的*L'Amant*。細讀《永發街事》實充滿你生活細緻的痕跡，花卉、瓷器，特別是文學藝術，或房裡收藏的那架打字機，和我分享你的閱讀好嗎，和這本作品或隱或藏的連繫。

舟：你是說我寫得跟莒哈絲一樣好嗎？（仰天大笑）不過，真是謝謝你讀得這麼仔細。莒哈絲真的是文學養成中的一個重要人物，我真的很想寫一本跟《情人》

一模一樣的書，只可惜我的情人裡好像還沒有奢侈到坐在後座請司機開轎車的那種，這也可以成為我日後努力的另一個方向。

把莒哈絲帶到我文學世界裡的人是鍾文音，那年我二十出頭，孤獨善感，就帶著她的《寫給你的日記》、《孤獨的房間》和《三城三戀》遊歐洲。一路看、一路想、一路飆淚……最後還專門去法國蒙帕納斯墓園拜訪莒哈絲，一道去看了看波娃和沙特。

結果剛開始找錯地方，去到蒙馬特墓園，問路問進一間咖啡廳。店主是個從荷蘭移居巴黎的婦人，酷愛文學，聽到我在找波娃，就叫我一定要看Violett Leduc。

還要說嘛？都說了就沒意思了嘛。很多作家的作品對我只是產生了一種文心的啟蒙，而至於學習到怎樣寫這件事，又是另外的一些作家和作品了。

文學的世界就是這樣串珠成線，珠珠相映。

雍：我記得第一次聽你在課堂上憶述生命的行跡，從成都到新加坡唸書，曾也旅居海德堡，這幾年則來到查爾斯河畔。課上且投映一幀攝影，你置身在家族黑白合照前，表情像一張空白的紙覆蓋著陰影，對比身後影像中你孩時曾有的純真靦腆的笑。那是你作為表演者與攝影師友人合作的影像作品*Jannis*（2014）。濟舟，愈認識你，愈感到你對於表達自身的困惑與渴望，寫詩、寫散文、小說，或像那些照片裡藉身體展演記憶的皺摺，我想也許和流離給予我們隱隱的威脅有關吧，有時你被以「濟舟」之名認識，有時成為另個稱呼「Jannis」。我好奇表達對你的意義？詞語的意義？在各種形式裡，你反覆書寫的意義？

舟：你是在拐彎抹角地說我自戀嗎？那麼你就答對了！我真的是一個愛慕虛榮且似乎又沒有什麼內涵的人。現在跟我很好的一位大學老師曾袒露心聲跟我說，濟舟，第一次見到你時，我就認定你是我最不喜歡的那一類學生之一，哪裡像是個來讀書的樣子？我為我自己一大哭！（掩面拭淚）因為中學時也有老師跟我說過一模一樣的話。因為自戀，所以有了一種無中生有地傾訴的渴望，不管是通過任何藝術的形式。

來自瑞士的攝影師名叫Alma Cecilia Suarez，我跟她在北京尤倫斯當代藝術中心實習時認識。後來我遊學海黛山，她來看我，又剛好要準備畢業作品，她就提議把我當成為主題，一起探索在離散框架下，身分認同、國族情懷和文學素養之間的聯繫。

我哪裡管這些大命題，聽見有人要為我拍照，我歡喜得心花怒放，馬上答應了。沒想到這個計劃案大受她教授的賞識，Cecilia就又飛來新加坡進一步完善拍攝，我也回成都蒐羅出更多的家庭老照片。

後來這個Project還被拿到法國、瑞士和日本等地巡展，早知如此，我當初就應該檢點一些。

關於名字，其實Cecilia在拍攝過程中就已經發現了這個蹊蹺之處。我前前後後換過無數個名字，中英文都換過。我的口音，不管中英，也都是不問東西的野路子。名字、口音、容貌、影像都是假的，唯有創作是真，且真而又真。所以我想通過寫作，找到我心裡那麼一點點的不輕浮。

但是我的創作環境是十分孤獨的，因為我沒有一批真正能夠互相扶持的同「代」作家。（華初有一位方老師，也是詩人，是手把手將我引進文學之門的人，可他不能算同代，雖然我懷疑他自己不這麼認為。）所以我很嚮往臺灣現代文學和三三那種可以一同起社的感覺。如今新加坡也有華文文學社了，可惜

我是被包括在外的。如果真要有什麼脈絡，我應該算是華僑中學初級學院黃城文學社的脈絡。（笑）

雍：我們是在一座有河宛延的城市認識的。暮色的輕艇，划過水面，留下綿長的漣漪，到冬天，結成足下沉厚的夢境。搬回臺北後，我常想念那條河，想念初夏那個午後，你駕車帶我前去近郊的華爾騰湖，陽光曬暖湖面，游水時可見廣闊的宇宙。你說你常帶著書來到這裡，喜歡入冬獨自回到凜冽的冰湖。或許你已曾留意，你的生活、你的故事，竟充滿水氣。《永發街事》寫下島國的氤氳，雨林、雨樹、湖泊、人造池，與濕潤的愛欲。離散和回歸是這部小說的徘徊。我想那些既是真實的物景，也是交織著你往事的水系。且和我說說你的遷移，你的流域。

舟：水氣我不敢說，我這個人濕氣比較重倒是真的，所以時常頭昏腦脹、皮膚瘙癢、困倦乏力、胃口不佳。

那條河有什麼好想念的？那條河的水都是臭的。我有一次在上面訓練賽艇，翻了船，爬回船上後全身都臭死了。

不過那日帶你們兩人去華爾騰湖卻是我有意為之。因為有梭羅，這片湖就成了一塊文學的地景，就有了一分淡淡的情懷。夏季我常去那裡游泳，才知道海水是鹹的，湖水是甜的。你和小余一人是文學家一人是舞蹈家，都是有搞藝術的人，這片湖水需要你們去為它注入靈氣。

那天你倒是游得歡快，人影都找不到。小余帶我在岸上做瑜伽，汲取天地精華，以便早日修成正果。結果你遲遲不歸，我們只好中途作罷，去巡視你的安危。

江河湖海對我來說太重要了。成都老家不遠處就是府南河，北門大橋上我父親被人直接扔到河裡，他就會游泳了，沒淹死才有了我；在新加坡，我在麥里芝湖上，因為賽艇訓練，和隊友們度過了無數個清晨和黃昏；在海黛山，我坐在內卡河邊看水流，時光轉瞬即逝，人事就自發鮮亮明了起來；潛水更不用說，都怪郝譽翔教授給我開了這個頭，給我舉了這個念，就一發不可收拾。太平洋的南中國海、新馬泰一帶的海域和峇里海；印度洋的馬爾地夫海域和紅海；大西洋的加勒比海等都是我曾經到訪過的海域，真希望有朝一日能在世界每個大洋的水系裡都去「吹一次泡泡」。

當代名家・陳濟舟作品集1
永發街事

2019年1月初版　　定價：新臺幣320元

著者	陳濟舟
叢書編輯	黃榮慶
校對	吳美滿
封面設計	謝佳穎
編輯主任	陳逸華

出版者	聯經出版事業股份有限公司
地址	新北市汐止區大同路一段369號1樓
編輯部地址	新北市汐止區大同路一段369號1樓
叢書編輯電話	(02)86925588轉5307
台北聯經書房	台北市新生南路三段94號
電話	(02)23620308
台中分公司	台中市北區崇德路一段198號
暨門市電話	(04)22312023
台中電子信箱	e-mail：linking2@ms42.hinet.net
郵政劃撥帳戶第0100559-3號	
郵撥電話	(02)23620308
印刷者	世和印製企業有限公司
總經銷	聯合發行股份有限公司
發行所	新北市新店區寶橋路235巷6弄6號2樓
電話	(02)29178022

總編輯	胡金倫
總經理	陳芝宇
社長	羅國俊
發行人	林載爵

行政院新聞局出版事業登記證局版臺業字第0130號

本書如有缺頁，破損，倒裝請寄回台北聯經書房更換。　ISBN 978-957-08-5244-8 (平裝)
電子信箱：linking@udngroup.com

國家圖書館出版品預行編目資料

永發街事/陳濟舟著．初版．新北市．聯經．
2019年1月（民108年）．272面．14.8×21公分
（當代名家・陳濟舟作品集1）
ISBN 978-957-08-5244-8（平裝）

857.7 107022217